Hannah Kaiser

Sein Kuss und andere Katastrophen

Kurzroman

1. Auflage August 2014

Covergestaltung: Catrin Sommer www.rausch-gold.com
Coverfotos: Hannah Kaiser
Lektorat: Alexandra Balzer
Korrektorat: SW Korrekturen e.U.
swkorrekturen@outlook.com

hannah.kaiser79@gmx.de

Inhaltsverzeichnis

Kapitel 1 4
Kapitel 2 10
Kapitel 3 15
Kapitel 4 18
Kapitel 5 27
Kapitel 6 33
Kapitel 7 38
Kapitel 8 49
Kapitel 9 59
Kapitel 10 65
Kapitel 11 69
Kapitel 12 74
Kapitel 13 80
Kapitel 14 84
Kapitel 15 91
Kapitel 16 101
Kapitel 17 104
Kapitel 18 117
Zwei Jahre später 121
Danksagung 126
Weitere Romane von Hannah Kaiser 127
Impressum 131

Kapitel 1

Weglaufen braucht Planung. Und zwar möglichst gründliche. Klar – wenns schnell geht, machts nichts, aber ein bisschen Nachdenken ist durchaus sinnvoll. Doch was soll ich sagen? Hinterher ist man immer schlauer.

Nun sitze ich hier, an einer einsamen Landstraße mitten im Nirgendwo von Nebraska.

Nebraska! Ich frage mich wirklich, was mich geritten hat, als ich meine Sachen in Boston zusammengepackt habe, um dann ausgerechnet hierher zurückzukehren.

Die Frage lautet wohl eher, wer *mich geritten hat … und vor allem: wen noch!*

Müde schließe ich meine brennenden Augen und reibe mit den Händen über meine Lider, in der Hoffnung, damit die Bilder vertreiben zu können, die sich gerade in meinem Kopf abspielen. Als ich sie langsam wieder öffne, komme ich tatsächlich auf andere Gedanken; besser sind diese allerdings auch nicht. Denn jetzt fällt mein Blick auf mein armes grünes Auto, das ziemlich zerbeult vor einem der vielen Bäume steht.

Fuck! So eine mistverdammte Scheiße!

Meine Mutter hat sich Jahre darum bemüht, mir das Fluchen abzugewöhnen, doch habe ich bis heute nicht verstanden, was das soll. Warum darf man keine hässlichen Dinge sagen, wenn einem gerade ebenso hässliche Dinge widerfahren? Es reicht schließlich, wenn man aussieht wie eine Dame. Ich finde, dann kann man sich ruhig das Vokabular eines ausgewachsenen Bierkutschers zulegen.

Natürlich ändert das Fluchen nichts an meiner misslichen Lage, aber immerhin befreit es für den Moment ungemein. Außerdem bewahrt es mich davor, ein Magengeschwür zu bekommen, Amok zu laufen oder noch schlimmere Dinge zu tun.

Seufzend schaue ich auf mein Handy, in dieser Einöde gibt es einfach keinen Empfang. Einen kleinen Moment gönne ich mir noch, um mich gegen den Baum neben meinem Auto zu lehnen. Es ist ein heißer Sommertag, aber im Schatten des Baumes und ohne sich zu bewegen, kann man es durchaus aushalten. Es ist ruhig, lediglich ein paar Grillen sind zu hören, in der Entfernung singt ein Vogel. Der leichte Wind bewegt die Blätter des Baumes über mir und zaubert Licht- und Schattenspiele, die ich selbst durch die geschlossenen Augenlider noch wahrnehmen kann. Die Luft riecht nach grünem Gras und satter, warmer Erde … unter anderen Umständen könnte ich diese Idylle vermutlich genießen, aber heute wäre mir eine stark befahrene Straße in einer Großstadt lieber. Denn hier stehe ich schon seit einer Dreiviertelstunde, ohne dass auch nur ein einziges Fahrzeug vorbeigekommen wäre. Einöde ist mehr als ungünstig, wenn man gerade Hilfe braucht.

Irgendwann rapple ich mich auf. Die Autotür meines ramponierten Wagens lässt sich nur mühsam öffnen, vermutlich hat sich durch den Aufprall irgendetwas verzogen; schließlich gelingt es mir doch. Kurz studiere ich die Straßenkarte, die es irgendwie geschafft hat, trotz des Aufpralls auf dem Beifahrersitz liegen zu bleiben. Schon allein die hätte mich eigentlich davon abhalten sollen, hierher zu fahren. Ich bin die schlechteste Kartenleserin der Welt. Mindestens. Als mein Navi auf halber Strecke seinen Geist aufgegeben hat, hätte ich einfach umkehren sollen. Oder mir ein neues kaufen, statt einer lausigen Landkarte. Aber jetzt ist es zu spät.

Ich angle mir eine kleine Flasche Wasser und meine Handtasche aus dem Wagen, dann gehe ich los. Vor circa einer halben Stunde bin ich durch eine kleine Ortschaft gekommen, in der ich getankt habe. Es gab dort zwar sonst nicht viel, jedoch zumindest einen Hauch von so etwas wie Zivilisation. Und selbst in die entlegeneren Regionen von Nebraska sollte mittlerweile so viel technischer Fortschritt durchgedrungen sein, dass es dort ein Telefon gibt.

Ich vermeide es lieber, mir auszurechnen, wie lange ich wohl zu Fuß brauchen werde. Zumindest versuche ich das.

Eine halbe Stunde mit ungefähr siebzig Meilen pro Stunde – ergibt fünfunddreißig Meilen!

Ich möchte die kleine, bösartige Stimme in meinem Kopf am liebsten erwürgen, allerdings bin ich mir sicher, dass das genauso wenig klappen wird, wie unangenehme Erinnerungen in Boston zurückzulassen.

Geschätzte fünfunddreißig Meilen bis zur nächsten Ortschaft. Für einen Menschen, vor allem einen untrainierten, ist das bei dieser Hitze eine ziemlich weite Strecke. Im Prinzip kaum zu schaffen. Aber die Alternative wäre, hier zu bleiben und zu hoffen, dass irgendwann mal jemand vorbeikommt. Und wenn niemand kommt, dann bin ich hier heute Nacht allein mit den wilden Tieren. Bei dem Gedanken an eine Ratte, die sich nachts behaglich an mich kuschelt, bekomme ich trotz der Sommerhitze eine Gänsehaut. Und auch wenn ich mich vor Ratten ekle, können hungrige Kojoten zu einem wirklichen Problem werden. Dann doch lieber das Unmögliche wagen und fünfunddreißig Meilen zu Fuß gehen.

Was mir vor vier Stunden in der Theorie zwar schwer, aber dennoch machbar erschienen ist, kommt mir nun absolut unmöglich vor. Ich habe seit etlichen Meilen keinen Baum mehr gesehen, stattdessen sind gleißend heller

Sonnenschein, flimmernde Hitze und nach wie vor das verdammte Gezirpe der dämlichen Grillen meine ständigen Weggefährten. Ich bin mir sicher, dass ich die ersten Symptome eines Sonnenstichs zeige, ständig läuft mir der Schweiß in die Stirn und ich wische ihn mit dem Unterarm ab. Meine Wasserflasche ist schon lange leer. Ich würde mich gerne einfach zum Sterben an den Straßenrand legen. Wirklich. Zumindest ein bisschen.

Du übertreibst, Chloe! Du wirst gerade unnötig theatralisch. Und obendrein hysterisch.

So ein kleines bisschen hysterisch werde ich momentan tatsächlich. Ich habe keine Ahnung, was ich machen soll, wenn ich wirklich die ganze Strecke zu Fuß zurücklegen muss. Ich bin mittlerweile völlig am Ende und bekomme langsam Panik, weil mir klar wird, dass ich das niemals im Leben schaffen werde. Während ich mir in Erinnerung rufe, wie lange – oder auch wie kurz – ein Mensch ohne zu trinken überleben kann, habe ich auf einmal das Gefühl, nicht mehr genug Luft zu bekommen.

Auf alle Fälle brauche ich eine Pause.

Erschöpft lasse ich mich auf einen großen Stein am Rand des Highways sinken und kämpfe darum, meine Panik wieder unter Kontrolle zu bekommen.

+++

Es gibt viele Menschen, die nicht gerne Auto fahren, die beispielsweise lieber den Zug nehmen, weil sie sich dabei besser entspannen können. William Daniel Tucker gehört eindeutig nicht zu dieser Kategorie. Mal abgesehen davon, dass der öffentliche Personennahverkehr in Nebraska so gut wie nicht vorhanden ist, könnte er sich nichts Entspannenderes vorstellen, als hinter dem Steuer eines Autos zu sitzen und die Landschaft an sich vorbeiziehen zu lassen.

In einer Großstadt ist es natürlich etwas anderes, dort muss man wesentlich besser aufpassen. Doch hier, wo es so gut wie keinen Verkehr gibt, empfindet er die Zeiten im Auto beinahe als meditativ.

Im Radio läuft eines seiner Lieblingslieder, und er stellt es lächelnd lauter, um in den Refrain mit einzustimmen; nicht sehr gut, aber dafür mit umso mehr Inbrunst. Er liebt diesen Song des ehemaligen Sängers der *Sick Theories*, auch wenn er ihn immer ein bisschen melancholisch werden lässt.

Bei dem einsetzenden Schlagzeugsolo bekommt er eine leichte Gänsehaut und klopft den Takt mit dem linken Zeigefinger auf dem Lenkrad, bevor er bei den finalen Zeilen sängerisch noch mal alles gibt:

Every time I pray
I hope you wanna hear.
'Cause I want you to stay.

Ja, genau so sind sie, die Frauen, man kann beten, so viel, wie man will – erhören tun sie einen doch nicht. Zumindest nicht diejenigen, von denen man sich das erhoffen würde. Manchmal fragt er sich, wer je auf die Idee gekommen ist, dass Männer und Frauen zusammenleben sollten. Er jedenfalls hat mit dem Alleinsein keine Probleme. Zumindest deutlich weniger als mit dem Zusammenleben mit einem weiblichen Wesen, von seiner Hündin Feeby einmal abgesehen. Einen Moment lang denkt er kopfschüttelnd an seine Exfreundin Natalie zurück, die binnen kürzester Zeit versucht hat, alles an ihm zu ändern. Von den Vorhängen vor den Fenstern seiner Stadtwohnung, über seine Kleidung, seinen Haarschnitt und sein Aftershave, bis hin zu seinen Essgewohnheiten und der Art und Weise, wie er sich bewegt.

Irgendwann hat er sich gefragt, warum sie sich überhaupt in ihn verliebt hat; denn offenkundig hat ihr ja nichts an ihm gefallen, so wie es war. Als sie schließlich von ihm verlangt hat, sich einen anderen Job zu suchen, hat er die Notbremse gezogen und sich von ihr getrennt.

Er hat jahrelang als Angestellter in einem Labor geschuftet und jeden Cent gespart, sein Erbe nicht angerührt und sich alles, das Geld kostet, untersagt, bis er endlich die finanziellen Mittel zusammenhatte, um seinen Job zu kündigen und sich nur auf seine Forschung zu konzentrieren. Das ist sein großer Traum, vielleicht sein Lebensziel, und wer das nicht versteht, der versteht *ihn* nicht.

Seine Forschung! Schnell konzentriert er sich wieder auf die wichtigen Dinge, und wenige Minuten später ist er so in seine Gedanken über schädlingsresistenten Mais vertieft, dass er um ein Haar die Gestalt übersehen hätte, die dort am Straßenrand gekauert sitzt.

+++

Ich muss eingeschlafen sein, denn ich komme erst wieder zu mir, als ich eine Berührung an meiner Schulter merke. Erschrocken reiße ich die Augen auf und schaue direkt in ein Paar stahlgrauer Augen.

„Ma'am? Ist alles in Ordnung mit Ihnen?" Seine Stimme ist tief und besorgt - sowie einen angenehmen Hauch heiser.

Ich nicke, und am liebsten würde ich ihm um den Hals fallen, jedoch nur so lange, bis etwas Silbernes in seiner Hand aufblitzt.

Hat er da tatsächlich …

Auch wenn er sie so gut es geht zu verbergen versucht, habe ich dennoch erkannt, dass er eine Waffe in seiner rechten Hand hält. Und ich bin mir nicht ganz sicher, ob mich dieser Umstand amüsieren oder beängstigen soll. Ich betrachte den Typen vor mir ein bisschen genauer. Von hier unten wirkt er wie ein riesiger muskelbepackter Cowboy. Bloß ohne den Hut. Und ich sehe aus wie eine völlig derangierte Bürotussi auf einem misslungenen Abenteuerurlaub. Wenn der Mann bei mir schon das Gefühl hat, eine Waffe zücken zu müssen …

Ein Kerl wie ein Baum, jedoch leider ein Feigling.

Ich beiße mir auf die Unterlippe, um das lieber nicht laut auszusprechen, schließlich bin ich auf ihn angewiesen. Wer weiß, wann hier das nächste Mal jemand vorbeikommen wird.

Du solltest mal mit ihm reden, statt ihn weiterhin dumm anzustarren, Chloe!

Ja, das sollte ich wirklich. Menschen mit Waffen in der Hand sollte man ohnehin besser mit Umsicht behandeln.

Ich muss mich zweimal räuspern. Mein Mund ist so entsetzlich trocken, und ich hätte gerne etwas zu trinken, aber das ist gerade nebensächlich.

Typ mit Waffe! Rede mit ihm, dummes Huhn!

Ich räuspere mich noch ein drittes Mal, bevor ich endlich meine Stimme wiedergefunden habe.

„Ich hatte einen Unfall. Ein paar Meilen weiter den Highway herunter." Ich deute in die Richtung, aus der ich gekommen bin.

„Gibt es weitere Verletzte?" Er mustert mich noch immer skeptisch, schiebt die Waffe jetzt aber hinten in seinen Hosenbund. Ich dachte immer, so etwas würden bloß die Möchtegern-Gangster in schlechten Filmen machen, und stelle mir das gigantische Loch in seinem Hintern vor, wenn sich jetzt aus Versehen ein Schuss löst. Aber immerhin war er clever genug, sich die Waffe nicht vorne in den Hosenbund zu stecken, da könnte sie ja noch viel schmerzempfindlichere Stellen erwischen.

Ich schüttle leicht den Kopf. Ich habe wirklich gerade wichtigere Sorgen. Mein Retter deutet mein Kopfschütteln zum Glück falsch.

„Also gibt es keine weiteren Verletzten?"

„Nein, keine. Nur mein Auto. Der Hase, dem ich ausgewichen bin, dürfte, bis auf einen kleinen Schreck, alles unverletzt überstanden haben."

Er zieht ungläubig eine Augenbraue in die Höhe, sagt jedoch nichts weiter. Stattdessen streckt er mir die Hand hin, um mir hoch zu helfen. Ich weiß nicht, ob er so unglaublich stark ist oder ich so furchtbar dehydriert, dass ich kaum noch etwas wiege. Aber durch seine Hilfe beschleunigt komme ich derart schwunghaft zum Stehen, dass ich stolpere und mich unversehens in seinen Armen wiederfinde.

„Huch!"

Er riecht sehr angenehm. Sauber und frisch, als wäre er gerade erst aus der Dusche gekommen. Sehnlichst wünsche ich mir, mich mal wieder selbst so zu fühlen, wie er riecht. Es kommt mir vor, als wäre es ewig her, dass ich das letzte Mal eine Dusche genossen habe. Ich klammere mich einen Moment länger an ihm fest, als es nötig gewesen wäre, nur um wieder ins Gleichgewicht zu kommen. Erst als er sich leise räuspert, löse ich mich von ihm.

„Kommen Sie. Im Wagen ist es kühl und klimatisiert und etwas zu trinken habe ich auch." Er hält mich am Ellenbogen fest und mir gefällt seine Fürsorge. Vielleicht gefällt sie mir auch deshalb so gut, weil sonst immer ich diejenige bin, die sich um andere kümmert. Da könnte ich fast die Knarre in seinem Hosenbund vergessen.

Nachdem ich mich hingesetzt und angeschnallt habe, reicht er mir eine Flasche Wasser.

„Trinken Sie einen Schluck. Sie wirken, als könnten Sie es gebrauchen ..." Ich nehme die Flasche dankend an und lasse schon den ersten Schluck meine Kehle herunterrinnen, bevor er auch nur den Motor gestartet hat. „Ich nehme Sie erst mal mit zurück nach Greenfield. Von dort aus schauen wir weiter. Ich bringe Sie dort zum Doc und sage jemandem Bescheid, der zu Ihrem Auto fährt und es abschleppt."

„Ich denke, ein Arzt wird nicht nötig sein, mir fehlt ja nichts." Außerdem bin ich selbst Ärztin. Seltsamerweise entwickelt man da ein absurdes Misstrauen gegen die meisten seiner Kollegen.

„Haben Sie sich mal im Spiegel betrachtet, Ma'am? Es tut mir leid, Ihnen das sagen zu müssen, aber Sie sehen aus wie ein Zombie." Er greift an mir vorbei und klappt die Sonnenblende an meiner Seite herunter, bevor er den Makeup-Spiegel für mich öffnet. Als ich einen Blick hineinwerfe, kann ich einen entsetzten Aufschrei kaum unterdrücken. Mein ganzes Gesicht ist mit Blut verschmiert. Das war kein Schweiß, der mir da vorhin immer ins Gesicht gelaufen ist, das war Blut!

Fassungslos starre ich mich einen Moment lang an.

Ich hätte auch eine Knarre mitgenommen, wenn ich mich so gesehen und eine gehabt hätte …

Ich sehe aus wie eine Irre nach einem Massenmord. Und das ist eigentlich noch deutlich untertrieben. Jeglicher Rest Wimperntusche hat sich in eine schwarze, schmierige Waschbärenmaske verwandelt. Im Rest meines Gesichts vermischen sich Straßenstaub, Blut und Schweiß zu einer in ungleichmäßigen Schattierungen getrockneten Gesamtkomposition. Selbst meine Haare haben etwas abbekommen und stehen nun rostbraunrot und strähnig von meinem Kopf ab. Auch mein Unterarm ist voller Blut; ich starre ihn ungläubig an und wundere mich, warum mir das vorher gar nicht aufgefallen ist.

Schuld an der gesamten Schweinerei scheint eine kleine Platzwunde am Haaransatz zu sein, die ich jedoch vorher ebenfalls nicht wahrgenommen hatte. Ungläubig betaste ich die Stelle, aber mein Retter hilft mir auch diesmal, indem er mich davon abhält.

„Das sollten Sie lieber nicht machen, Ma'am." Er wirft mir einen tadelnden Seitenblick zu. „So dreckig, wie Ihre Hände sind, entzündet sich die Wunde hinterher noch."

Klugscheißer!

Leider könnte er damit Recht haben. Vermutlich stehe ich doch unter einem kleinen Schock. In Kombination mit der Dehydrierung ist es anscheinend zu leichten Bewusstseinseintrübungen gekommen, dass ich das viele Blut sowie die Wunde vorher nicht bemerkt habe.

Brav lege ich meine Hände wieder zurück in meinen Schoß und betrachte erst die Straße, dann ihn. Er ist jünger, als ich zunächst gedacht habe, maximal Mitte dreißig, und er scheint viel und körperlich zu arbeiten, zumindest seinen Muskeln nach zu urteilen. Außerdem ist er ziemlich attraktiv. Hellbraunes Haar, das im Nacken etwas zu lang ist und in alle Richtungen von seinem Kopf absteht, dazu ein Paar stahlgrauer Augen. Er ist leicht gebräunt, vielleicht ist er ja Farmer, und er hat schöne, gleichmäßige Gesichtszüge. Sein Mund ist eine Spur zu groß und sein Kinn ein wenig zu breit … aber hey, wer ist schon perfekt? Es hätten mich jedenfalls deutlich hässlichere Leute retten können.

Als ob das eine Rolle spielt! Sei lieber froh, dass dich überhaupt jemand gefunden hat, du oberflächliche Kuh!

Kapitel 3

Bis mein Auto endlich in die kleine Werkstatt geschleppt wurde, sind drei Stunden vergangen. Ich habe mir notdürftig das Gesicht gewaschen, damit ich nicht ungewollt als Kinderschreck fungieren muss, die Verletzung an meinem Kopf im Spiegel angesehen und beschlossen, dass die kleine Platzwunde ohne Probleme von selbst verheilen sollte. Kopfwunden erscheinen oft viel dramatischer, als sie eigentlich sind, weil sie im ersten Moment so furchtbar stark bluten.

Ich beobachte Scott, den Mechaniker, der mit finsterer Miene meinen zerbeulten Dodge begutachtet.

„Dafür muss ich Ersatzteile bestellen. Und ich bin mir nicht sicher, ob ich die so schnell bekommen werde. Der Wagen ist ja auch nicht mehr unbedingt der jüngste ..."

Da hat er leider verdammt recht. Mein armes Auto hat bestimmt schon zwanzig Jahre auf dem Buckel, doch bisher hat er mir stets treue Dienste geleistet. Nur ich ihm anscheinend nicht ... während ich den völlig zerbeulten grünen Kotflügel betrachte, kommen mir fast die Tränen. Es ist nicht so, als hätte ich mir kein anderes Auto leisten können, aber ich hänge an diesem. Vielleicht auch, weil es mein erstes Auto überhaupt war. Es fühlt sich immer wie ein Stück Zuhause an, egal, wo man gerade ist.

„Und schuld daran war wirklich ein Hase?" Scott tätschelt mir tröstend die Schulter.

„Ja, der war einfach plötzlich da ..."

„Hier bekommt man bereits in der Fahrschule beigebracht, dass man nur bremsen und das Steuer festhalten soll, wenn plötzlich ein Tier vor einem auftaucht. Was lernt ihr denn in der Stadt?" Er versucht, die Motorhaube zu öffnen, was ihm erst nach mehreren Anläufen gelingt. Dann ist sie allerdings ab. Ganz ab.

Scott schaut erstaunt auf das Stück Blech in seiner großen ölverschmierten Hand, während ich den Kampf gegen die Tränen endgültig verliere. Egal, wie ruhig ich beruflich auch in Krisensituationen bleibe, privat gelingt mir das manchmal nicht so gut.

„Na komm schon, Mädchen." Er lehnt die Motorhaube gegen mein Auto oder vielmehr das, was noch davon übrig geblieben ist, und leuchtet mit einer Taschenlampe ins Innere. „Das dauert vielleicht eine Woche. Und ich mache dir einen Freundschaftspreis. Wir bekommen das schon wieder hin!"

Natürlich meint er es nur gut. Aber ich kann trotzdem nicht aufhören zu heulen. Unter normalen Umständen hätte mir sein *Mädchen* bestimmt den Tag versüßt – immerhin bin ich vor ein paar Monaten dreißig geworden – doch gerade höre ich bloß, dass es eine Woche dauern wird, bis mein Auto repariert ist. Eine ganze verfluchte Woche, die ich hier festhängen werde, weil es die nächsten gefühlten fünfhundert Meilen um dieses Kaff herum nichts weiter gibt als Weiden, Felder, Berge und Bäume. Vielleicht sind es auch bloß fünfzig Meilen, aber ohne Auto kommt das beinahe auf dasselbe raus. Ich hänge hier fest und muss in irgendeinem verlausten Bett schla... als mir klar wird, dass ich nicht mal einen Schlafplatz habe, fange ich noch mehr an zu heulen. Dabei muss mein eigentliches Ziel irgendwo ganz in der Nähe sein.

„Na, na, na." Scott packt die Taschenlampe weg und wischt sich seine Hände an einem Lappen ab, der in einer der hinteren Taschen seiner Hose steckt. „So schlimm wird's doch nicht werden, oder? Ich rufe jetzt erst mal meinen

Neffen William an, er ist der Einzige im Ort, der so etwas wie ein Fremdenzimmer hat. Dann nimmst du eine schöne heiße Dusche, und heute Abend lade ich dich bei uns zum Essen ein. Meine Frau Jane freut sich immer, wenn mal jemand aus der Stadt herkommt, sie ist auch ein Stadtkind. Sie wohnt bereits fünfunddreißig Jahre hier und hat sich mit dem Landleben doch nie so richtig anfreunden können ... dafür ist sie eine der besten Köchinnen der Welt."

Ich nicke unter Tränen und frage mich gleichzeitig, ob ich wirklich zurechnungsfähig bin, mich von völlig fremden Leuten zum Essen einladen zu lassen. Andererseits habe ich ja kaum eine andere Wahl. Ich kann froh sein, wenn ich heute Abend überhaupt noch irgendwo irgendwas zu essen herbekomme. Dieser Ort ist nicht viel mehr als eine Ansammlung von Häusern mit einer Tankstelle, an der man Chips, Süßigkeiten und ein paar Konserven kaufen kann, sowie eine Kneipe.

William scheint alles andere als begeistert davon zu sein, einen Gast aufnehmen zu müssen. Sofern ich Scotts Telefongespräch richtig deute, scheint er der Meinung zu sein, dass bei Scott und dessen Frau auch genug Platz wäre. Letztendlich legt mein Mechaniker jedoch mit einem zufriedenen Lächeln auf.

„Er ist gleich hier. Und um 20:00 Uhr seid ihr beide bei uns zum Abendessen eingeladen!" Das scheint ihn irgendwie froh zu stimmen.

William stellt sich als niemand anderes als mein Retter heraus. Als er mich abholt, sind die Brauen über seinen stahlgrauen Augen ärgerlich zusammengezogen, und er kaut auf einem Kaugummi herum, als wolle er das arme Ding töten.

Normalerweise würde ich mich wohl darüber ärgern, dass er so unfreundlich ist. Vielleicht würde ich auch lächelnd die Augen verdrehen. Aber gerade sehne ich mich so sehr nach einer Dusche und einem Moment der Ruhe, dass mir sein Gemütszustand schlicht egal ist – solange es in seinem Haus fließendes, warmes Wasser und ein Bett gibt, bin ich viel zu egoistisch, um Mitleid mit ihm zu empfinden.

Tatsächlich werden meine stummen Bitten erhört. Keine zehn Minuten später stehe ich in einem kleinen, hellen Badezimmer, das an Williams „Fremdenzimmer" angrenzt, unter der Dusche und lasse mir das warme Wasser am Körper hinablaufen. Mit geschlossenen Lidern stehe ich einfach reglos da und genieße das Gefühl, endlich wieder sauber zu werden.

Zurück in meinem Zimmer ziehe ich mir saubere, frische Wäsche an. Wenn schon mein Auto beinahe Schrott ist, ist doch zumindest mein Gepäck unversehrt geblieben – und Scott war geistesgegenwärtig genug, um es aus dem Kofferraum zu nehmen und William in die Hand zu drücken.

Kurz betrachte ich das schmiedeeiserne Bett und die hellblaue Bettwäsche und bemerke, wie erschöpft ich eigentlich bin.

Bloß ein klitzekleines Nickerchen!

Wenige Sekunden später bin ich eingeschlafen und werde erst wieder wach, als es energisch an meiner Tür klopft. Ich schrecke hoch und brauche einen Moment, bis mir einfällt, wo ich bin und was passiert ist.

Scheiße. Unfall, Auto, mies gelaunter Cowboy!

„Chloe?" Zumindest ist er gut genug erzogen, um nicht einfach hereinzukommen. „In einer halben Stunde müssen wir los!"

Nur widerwillig stehe ich auf. Ich hatte so einen wunderschönen Traum, in dem alles einfach, leicht und gut war, und zu gern hätte ich noch weitergeträumt.

+++

Das Leben auf dem Land bringt sowohl Vor- als auch Nachteile mit sich.

William liebt die Weitläufigkeit dieser Gegend, die frische Luft, den klaren Sternenhimmel. Es gefällt ihm, dass jeder für jeden da ist. Dass es keine so entsetzliche Anonymität wie in den großen Städten gibt, in denen man in seiner Wohnung tot umkippen kann und erst dann gefunden wird, wenn die Nachbarn sich über den Gestank beschweren.

Hier kann man hingegen nicht mal einen Schnupfen haben, ohne dass einen jemand ungefragt mit Gesundheitstipps und selbstgekochter Hühnersuppe versorgt. Schon gar nicht, wenn man so ziemlich der einzige Junggeselle weit und breit ist, der noch alle Zähne im Mund hat.

Einer der großen Nachteile ist es außerdem, dass jeder ständig meint, sich in alles einmischen zu müssen, und denkt, besser zu wissen, was gut für einen ist, als man es selbst tut. Und so gerne er Tante Jane und Onkel Scott auch hat – für den ungebetenen Gast, den sie gerade bei ihm einquartiert haben, würde er sie am liebsten eigenhändig erwürgen.

Einziges Gästezimmer – von wegen!

Aber sein Onkel weiß genau, wie er ihn dazu bekommt, Dinge zu tun, die er eigentlich lieber lassen würde.

„Deine Mutter würde sich so darüber freuen, wenn das Gästezimmer mal wieder genutzt werden würde!“

Wenn sie noch leben würde, hätte sie sich vermutlich wirklich darüber gefreut. Denn jedes Mal, wenn sie hier waren, an den Wochenenden oder während der Ferien, hat sie es genossen, das Haus voller Gäste zu haben. Und auch wenn William nicht daran glaubt, dass es nach dem Tod noch so etwas wie ein Bewusstsein gibt, kann er es doch zumindest nicht völlig ausschließen. Und der Gedanke daran, dass seine Mutter sich freuen könnte …

Wie auch immer: Onkel Scott weiß genau, was er tun muss, um seinen Neffen zu Dingen zu überreden, die dieser eigentlich niemals hätte tun wollen.

Zum Beispiel je noch einmal eine Frau in sein Haus zu lassen. Und vor allem nicht ausgerechnet diese Frau.

+++

Das kleine Haus von Scott und seiner Frau Jane ist von oben bis unten vollgestopft mit Nippes. An kleine Häkeldeckchen reihen sich nahtlos geschmacklose, geschnitzte Hundefiguren und handbemalte Vasen mit Kunstblumen. Miniaturparfümflakons stehen neben altmodisch anmutenden Porzellanpuppen, die mich an miserable Horrorfilme denken lassen, in denen solche Biester auf einmal ein seltsames Eigenleben entwickeln und zu Massenmördern werden.

Dafür riecht es wunderbar, nach Schweinebraten, Apfelkuchen und irgendwie nach Geborgenheit. Scotts Frau Jane passt perfekt in dieses Reich aus Kitsch und Heimeligkeit – sie ist rund, üppig und trägt eine rosa Rüschenschürze über einem wild gemusterten Blümchenkleid. Ihr Lächeln ist ansteckend herzlich und ihre Umarmung tut mir erstaunlich gut.

Ohnehin verläuft der Abend netter, als ich es gedacht hätte, auch wenn ich die meiste Zeit nur damit beschäftigt bin, Janes neugierige Fragen zu beantworten.

„Oh, Boston!" Ihre Augen bekommen einen verträumten Ausdruck, als sie hört, wo ich die letzten Jahre gelebt habe. Völlig verzückt schiebt sie sich ein kleines Stück Maisbrot zwischen die rosa geschminkten Lippen.

„Aber ursprünglich komme ich aus Lexington", sage ich, nachdem ich einen Bissen des wirklich köstlichen Bratens heruntergeschluckt habe.

Erstaunt lässt Jane das Brot in ihrer Hand sinken und sowohl ihre Augen als auch ihr Mund werden noch ein bisschen runder.

„Lexington, Nebraska?" Sie mustert mich jetzt eingehend und auf mein Nicken hin macht sich ein Lächeln auf ihrem Gesicht breit. „Unser William hier ist ebenfalls dort aufgewachsen! Vielleicht kennt ihr euch ja noch von der Highschool?" Sie klingt völlig begeistert, während sie sich zu mir herüberbeugt, um mir ungefragt noch mehr Braten und Kartoffelbrei auf den Teller zu häufen.

William schenkt mir kaum einen Blick, bevor er antwortet: „Ich kann mich an keine Chloe erinnern. Vermutlich nicht mein Jahrgang."

Während er beinahe schon hartnäckig an mir vorbeisieht, betrachte ich ihn etwas genauer. Mustere das durchaus attraktive Gesicht, die dunklen grauen Augen, den markanten Kiefer und den breiten Mund. Tatsächlich kommt er mir irgendwie bekannt vor – aber wirklich zuordnen kann ich ihn nicht. Ich habe zwar das Gefühl, mich erinnern zu müssen, doch die Erinnerung selbst ist einfach nicht greifbar. So wie eine Melodie, die man irgendwann mal gehört hat und die einem nun einfach nicht mehr einfallen will.

„Viel älter als ich kannst du doch eigentlich nicht sein, oder?" Ich schiebe ein freundliches Lächeln hinterher, in der Hoffnung, dass sich die tiefen Falten zwischen seinen Augenbrauen ein bisschen glätten.

„Da ich keine Ahnung habe, wie alt du bist, kann ich dir diese Frage nicht beantworten."

Damit scheint das Thema für ihn erledigt zu sein, denn er steht auf, sammelt Scotts und seine eigene Bierflasche ein und geht in Richtung Küche, vermutlich um für Nachschub zu sorgen.

„William, was ist denn mit dir los? Wo bitte bleiben deine Manieren! Und überhaupt solltest du nicht so viel trinken, du musst noch fahren!" Um ihre Worte zu untermalen, fuchtelt Jane mit dem Besteck in der Luft herum, und ich muss schmunzeln. Das vergeht mir allerdings schnell wieder.

„Wenigstens weiche ich keinen Hasen aus", kommt Williams gebrummte Erwiderung aus der Küche, was dazu führt, dass ich rot anlaufe.

„Weil du nicht nur keine Manieren, sondern auch kein Herz hast!“ Jane wirkt jetzt ärgerlich. „Was ist denn heute bloß mit dir los?“

„Nichts“, brummt er zurück, um dann erst mal kein Wort mehr von sich zu geben. Nicht ein einziges. Er sitzt einfach mit verschränkten Armen am Tisch wie ein eingeschnappter kleiner Junge. Ich bin über sein Verhalten ziemlich verwundert – schließlich habe ich ihm ja nichts getan. Ein wenig unbehaglich nestele ich an dem silbernen Herzanhänger meines Armbands herum. Bei dem Gedanken, dass ich mit diesem mies gelaunten, seltsamen Kerl die Nacht in einem Haus werde verbringen müssen, läuft mir ein kleiner Schauer den Rücken herunter. Fröstelnd kuschle ich mich ein bisschen tiefer in meine leichte Strickjacke, die ich als Schutz gegen die kühle Nacht mitgenommen habe.

Jane scheint mein Unwohlsein zu erahnen, vielleicht ist sie aber auch nur generell eine gute Gastgeberin, jedenfalls beeilt sie sich, den Tisch abzuräumen und den Nachtisch zu bringen.

Zum noch warmen Apfelkuchen gibt es Schlagsahne und beides ist fast noch besser als es der Hauptgang gewesen ist. Süß und köstlich breiten sich die Aromen in meinem Mund aus, und ich beginne, mich wieder etwas zu entspannen.

„Was treibt dich eigentlich in diese abgelegene Gegend?“ Scotts Frage holt mich ins Hier und Jetzt zurück und ich verschlucke mich hustend an dem letzten Rest Kuchen. „Auch wenn du in Lexington aufgewachsen bist: Das ist immerhin eine Stadt. Was verschlägt dich hierher aufs Land?“

„Ich habe ein kleines Farmhaus gekauft. Ich war heute auf der Suche danach, aber leider kann ich den Namen auf keiner Karte finden.“

„Hier in der Nähe? Vielleicht können wir ja weiterhelfen." Jane nippt an dem koffeinfreien Kaffee, den sie in Tassen aus hauchdünnem Porzellan mit einem hellblauen Blümchenmuster gefüllt hat.

Ich versuche ein Lächeln zu unterdrücken, denn „in der Nähe" bezeichnet in Gegenden wie dieser alles, was in einem Umkreis von zweihundert Meilen liegt.

„Im Kaufvertrag steht etwas von einer Butterfly-Farm in Riversale."

Einen Moment lang scheinen alle wie erstarrt. Dann klatscht Jane erfreut in die Hände, Scott fängt an zu grinsen und William fällt mit einem lauten Klirren der Kaffeelöffel aus der Hand.

„Willy, mein Schatz, ich gratuliere, du hast eine neue Nachbarin!"

Nur mit Mühe schaffe ich es, meine Tasse festzuhalten.

„Der Ort hier heißt doch Greenfield?"

„Natürlich – aber die Gegend um die Butterfly-Farm wird schon seit ewigen Zeiten als Riversale bezeichnet. Ich weiß gar nicht so genau warum, dort fließt nicht einmal ein Fluss …"

Kurz betrachte ich Williams Miene, die sich noch ein bisschen mehr verfinstert zu haben scheint – sofern das überhaupt möglich ist.

Hoffentlich ist Nachbarschaft hier ein genauso dehnbarer Begriff wie Nähe …

„Du bist nicht gerade begeistert davon, dass ich ein paar Tage bei dir zu Gast bin. Und auch davon nicht, dass ich deine neue Nachbarin sein werde." Ich sitze mit William im Auto, satt und müde, und beobachte die vorbeiziehende Landschaft, die in blasses Mondlicht getaucht abweisend und fast ein wenig unheimlich wirkt. Mir ist ein bisschen kalt. Und ich habe auf einmal Heimweh.

William zuckt eher desinteressiert mit den Schultern.

„Ich bin einfach lieber allein.“ Dabei betrachtet er mich so durchdringend, dass ich wieder zu frösteln beginne. Mit einem kleinen Schaudern frage ich mich, ob er vielleicht irgendwelche sprichwörtlichen oder aber auch ganz realen Leichen im Keller hat, da er dermaßen ablehnend ist. Ein schmutziges kleines Geheimnis, von dem er nicht will, dass es entdeckt wird.

Warum sonst sollte ein Mensch wohl lieber alleine sein? Schließlich sind wir doch Herdentiere. Und wer steht schon auf soziale Isolation? Aber gut, es gibt ja nichts, was es nicht gibt.

Skeptisch betrachte ich Williams Profil, das im Mondlicht noch härter wirkt als vorher. Sieht er aus, als wäre er ein Sadist? Oder ein Verbrecher? Oder irgendwie psychopathisch veranlagt?

Eigentlich wirkt er auf mich vor allem eines: nämlich ziemlich attraktiv. Allerdings sieht man ja auch nicht allen Irren an, dass sie ebendies sind. Irgendwie wirkt er auch ziemlich vertraut. Aber ich kann ihn immer noch nicht zuordnen.

Statt mir weiter den Kopf zu zerbrechen, schaue ich aus dem Fenster. Betrachte die Kornfelder, die jetzt silbrig statt golden schimmern, die grünen Wiesen, deren Farbe ich nur erahnen kann, ein seltenes Waldstück, das trotz des Vollmondes beinahe schwarz wirkt.

„Ich habe stets Heimweh nach Nebraska gehabt. All die Jahre lang …“ Keine Ahnung, warum ich das laut sage. Vermutlich gibt es keinen Menschen auf der Welt, dem meine Gefühlsäußerungen gleichgültiger sein könnten als dem Mann neben mir.

Als er auf einmal von selbst das Wort an mich ergreift, zucke ich vor Schreck kurz zusammen.

„Wollen wir noch einen Blick auf deine neu erworbene Farm werfen?" William klingt plötzlich deutlich freundlicher, beinahe schon versöhnlich. „Viel zu sehen ist im Dunklen natürlich nicht, aber ich habe eine Taschenlampe dabei. Dann bekommst du zumindest einen ersten Eindruck."

Ob ich das wagen soll? Doch wenn er wirklich verrückt wäre, sollte ich schließlich auch nicht bei ihm übernachten. Schnell siegt meine Neugierde über meine Bedenken.

„Das würde ich sehr gerne!" Ich lächle ihn an, und dieses Mal erwidert er mein Lächeln, was ihn, trotz des unheimlichen Mondlichts, auf einmal richtig sympathisch wirken lässt.

+++

Heimweh nach Nebraska!

Ihre Worte verursachen etwas, das er lieber vermieden hätte. Die meisten Menschen wollen hier lieber so schnell wie möglich weg. Immer mehr alte Häuser sind verlassen und verfallen, da immer mehr Menschen in die Städte ziehen. Landwirtschaft ist ein hartes Geschäft, und viele andere Möglichkeiten, um seinen Lebensunterhalt zu bestreiten, hat man in dieser Gegend kaum.

Außerdem empfinden gerade junge Menschen das Leben hier oft als eintönig, denn selbst zum nächsten Kino muss man fast drei Stunden Autofahrt in Kauf nehmen.

Heimweh nach Nebraska …

Das löst ein kleines, hoffnungsfrohes Ziehen in seinem Herzen aus, das er vermutlich besser ignorieren sollte.

+++

Kapitel 5

Die Fahrt bis zu *meiner* Farm dauert nur wenige Minuten. Und obwohl hier sonst alles nur aus Feldern, Wäldern und unendlichen Weiten besteht, liegt sie tatsächlich in Sichtweite zu Williams Haus. Entgegen meiner Hoffnungen kann man also wirklich von Nachbarschaft sprechen. Ich bin trotzdem entzückt. Wunderhübsch und dunkelrot schmiegt sie sich an den angrenzenden Wald, die Fensterrahmen leuchten im Mondlicht beinahe unnatürlich weiß. Die Farm wirkt viel, viel schöner als auf den wenigen Bildern, die ich gesehen habe – aber vermutlich ist die Dunkelheit auch ein wenig gnädig mit ihr.

Als wir näher kommen, schaltet William seine Taschenlampe ein, die eine morsche und baufällige Veranda enthüllt, die vorher vorteilhaft von der Dunkelheit der Nacht verborgen wurde.

Es wäre auch zu schön gewesen, um wahr zu sein, wenn ich mal Glück gehabt hätte.

Wann hast du denn schon das letzte Mal Glück gehabt? Also, so richtig? Dass du überhaupt noch zu hoffen wagst …

Da mir nur lauter furchtbar frustrierende und sarkastische Antworten auf diese Frage einfallen, versuche ich sie schnell aus meinem Kopf zu verdrängen.

„Willst du reingehen?" William deutet mit der Taschenlampe auf die Tür. Ein kleiner Windzug kommt auf und lässt die Blätter der Bäume sowie das Maisfeld neben uns leise rauschen. Was eigentlich romantisch sein könnte, ist mir gerade unheimlich.

„Ich sehe es mir lieber morgen bei Tageslicht an." Meine Stimme klingt auf einmal dünn und brüchig.

„Alles in Ordnung?" William legt mir sanft die Hand auf die Schulter, und ich widerstehe dem Drang, mich an ihn zu schmiegen, nur mühsam. Ob er nun irgendwie seltsam ist, hin oder her – er ist im Moment der einzige Mensch weit und breit und ich könnte menschliche Nähe wirklich gut gebrauchen.

„Lass uns bitte morgen noch mal herkommen und jetzt fahren. Ich glaube, ich brauche dringend ein paar Stunden Schlaf."

So müde ich auch bin, kann ich nicht einschlafen, als ich endlich zwischen den hellblau-weiß gestreiften Laken in Williams Gästezimmer liege. Unruhig drehe ich mich von einer Seite auf die andere, ohne zur Ruhe zu kommen. Trotz der kühlen Nacht schwitzen meine Handflächen unangenehm und ich wische sie wieder und wieder an der Bettdecke ab.

Schließlich stehe ich seufzend auf. Barfuß tappe ich in das kleine Bad. Ich nehme das Glas, das als Zahnputzbecher dienen soll, und lasse es voll Wasser laufen. Gierig trinke ich ein paar Schlucke. Doch beim Versuch, das Glas zurück auf den Waschbeckenrand zu stellen, gleitet es mir aus den Fingern und zerbricht auf den terracottafarbigen Fliesen in tausend Stücke. Erschreckt schreie ich laut auf, bevor ich die Glasscherben betrachte, die sich scharf und spitz um meine nackten Füße verteilen, und beginne hemmungslos zu weinen.

Eigentlich will ich das gar nicht – aber aufhalten kann ich es auch nicht. Plötzlich ist es, als würde alles auf mich einprasseln. Meine gescheiterte Verlobung, meine Flucht, der Unfall, die marode Farm … das kaputte Glas ist da lediglich der Tropfen, der das Fass zum Überlaufen gebracht hat. Ich fühle mich einsam, ausgelaugt und psychisch völlig am Ende. Ich schmecke das Salz meiner Tränen und wünsche mich weg. Ganz weit weg – irgendwohin, wo ich an nichts mehr denken muss, alles vergessen kann und alles einfach gut ist. Jedoch wird mir beinahe im selben Moment klar, dass es einen solchen Ort nirgends gibt. Ich hatte gehofft, ihn hier zu finden, aber meine Probleme, meine Sorgen und Ängste sind einfach mit mir mitgekommen. Und, damit alles noch ein bisschen schlimmer wird, klopft es in diesem Moment an meine Zimmertür.

„Chloe? Geht es dir gut?“ William klingt ernsthaft besorgt. Zu gerne würde ich sagen, dass es mir bestens geht, auch wenn das eine Lüge wäre. Doch ich bekomme kein Wort heraus. Stattdessen stehe ich in dem kleinen Badezimmer und habe beide Hände fest vor den Mund gepresst, um mein Schluchzen zu unterdrücken. Ich kann hören, wie William näher kommt, und wende mich von der Tür ab. Ich will nicht, dass er sieht, wie ich weine, will nicht, dass er sieht, wie schwach ich bin, aber beinahe im selben Moment steht er schon halb im Badezimmer.

Ich weiß nicht, wie er es schafft, zu mir zu kommen, ohne sich seine ebenfalls nackten Füße an den herumliegenden Glasscherben aufzuschneiden, trotzdem gelingt es ihm. Außerdem schafft er es irgendwie, mich hochzuheben und mich aus dem Zimmer zu tragen.

„Nicht so schlimm. Wir bringen das wieder in Ordnung“, murmelt er, wobei er viel freundlicher, fast liebevoll klingt; nicht so miesepetrig, wie er den restlichen Tag gewirkt hat.

Er riecht gut. Und er fühlt sich warm und lebendig an. Auf einmal ist es mir egal, dass er den ganzen Abend so entsetzlich unfreundlich zu mir war. Ich klammere mich an ihn, als würde ich ertrinken müssen, wenn ich ihn loslasse;

auch wenn ich damit rechne, dass er mich jeden Moment zurückweist.

Doch nichts dergleichen geschieht. Stattdessen setzt er sich mit mir zusammen aufs Bett, schlingt seine Arme um mich und hält mich fest.

„Ssscchhhh … alles wird wieder gut“, flüstert er an meinem Haar und wiegt mich sanft hin und her. „Das Glas war nicht teuer und morgen helfe ich dir mit dem Renovieren deiner Farm. Alles wird gut, Chloe. Alles wird gut.“

Seine Nähe und seine lieben Worte sorgen dafür, dass ich mich langsam wieder beruhige. Ohnehin finde ich, dass ich für heute eindeutig genug geheult habe. Ich bin schließlich eine starke Frau und kein Püppchen, das vom kleinsten Windhauch gleich umgepustet wird.

Zumindest dachte ich das immer.

Denn ich kann mich immer noch nicht dazu durchringen, William loszulassen. Es fühlt sich so gut, so tröstlich und so *vertraut* an, in seinen Armen zu liegen. Doch im Gegensatz zu mir schafft er es durchaus, sich von mir zu lösen. Langsam, aber bestimmt schiebt er mich an meinen Schultern von sich weg, um mich anzusehen.

Aus der geöffneten Flurtür dringt genug Licht, um ihn deutlich erkennen zu können. Er trägt gestreifte Pyjamahosen zu einem grauen T-Shirt und er scheint mich zu mustern. Wieder fallen mir diese rauchblauen Augen auf, der üppige Mund, das markante Kinn mit der kleinen Kerbe darin. Erneut tauchen irgendwelche Bruchteile aus meiner Erinnerung auf, die ich einfach nicht zusammensetzen kann. Seine Mimik ist unergründbar, wenn ich raten müsste, würde ich behaupten, dass er wegen irgendetwas mit sich kämpft. Aber weswegen denn schon?

Erst, als sein Blick deutlich an meinem Mund hängen bleibt, wird mir klar, wie nahe wir uns immer noch sind. Ein paar Atemzüge lang scheinen wir beide völlig in unseren Bewegungen zu erstarren, dann liegen Williams Lippen plötzlich auf meinen. Sie sind warm und fest und fühlen sich gut und richtig dort an. Ohne darüber nachzudenken, schließe ich die Augen, um seinen Kuss zu erwidern. Er küsst absolut hinreißend. Zurückhaltend, zärtlich, abwartend, beinahe qualvoll langsam. Als seine Zunge sanft an meinen Lippen kitzelt, öffne ich den Mund und lasse es mit einem leisen Seufzen einfach geschehen. Eine kleine Ewigkeit lang scheint die Zeit einfach auf wunderbare Art und Weise stillzustehen, gibt es nur noch uns, unseren Kuss, das Schlagen unserer Herzen.

„Chloe …" Ich kann sein Flüstern an meinen Lippen spüren, während er die Hände von meinen Schultern nimmt, um sie auf meine Wangen zu legen. „Es ist so verdammt lange her …"

Einen Augenblick lang kann ich seine Worte nicht zuordnen. Dann öffne ich die Augen und die Erkenntnis trifft mich wie ein Blitz.

„Daniel!" Eigentlich ist es erstaunlich, dass ich ihn nicht schon längst wiedererkannt habe. Seine Haare sind kürzer, keine wilden Locken mehr so wie vor sechzehn Jahren. Die weicheren Züge sind männlicheren gewichen und trotzdem … ich kann kaum glauben, dass ich ihn nicht erkannt habe. „William Daniel Tucker!" Fassungslos starre ich ihn an und sehe seine weißen, gleichmäßigen Zähne aufblitzen, als er lächelt.

„Der bin ich."

Für einen kurzen Moment erinnere ich mich an den Jungen von früher, den ersten, den ich je geküsst habe. Ich erinnere mich an seine schlaksige Gestalt, an das unsichere Lachen, an das Kribbeln in meinem Bauch. An unsere alte Schule und daran, dass er Vorsitzender des Debattierklubs und der Bioforschungsgruppe war, und ich frage mich, wo der Nerd von damals geblieben ist, in den ich mit vierzehn so schrecklich verliebt war.

Doch dann küsst er mich erneut und ich vergesse alles andere. Alles, bis auf das Kribbeln im Bauch, das sich wieder einstellt, als er seinen Kuss intensiviert, sich verstärkt, als meine Hände unter sein T-Shirt gleiten und glatte Haut über festen Muskeln fühlen, und es lässt mich aufkeuchen, als seine Hände dasselbe bei mir tun.

Während ich voller Ungeduld an seinen Sachen zu zerren beginne, lacht er rau und leise auf und hält mich zurück.

„Wir haben doch Zeit ...", wispert er an meinem Ohr und die lässt er sich tatsächlich. Mit einer erregenden Trägheit beginnt er, jeden Zentimeter meines Körpers zu erforschen, bis ich das Gefühl habe, es kaum noch ertragen zu können.

„Du bist so schön, Chloe. So wunderschön. Und ich will dich, ich will dich so sehr!" Seine Worte sind wie Balsam für meine Seele. Sie tun mir so unendlich gut, viel besser, als er erahnen könnte.

Als er später, viel später in mich eindringt, klammere ich mich an seinen Schultern fest, um ihn so nah wie möglich bei mir zu spüren, so viel von seiner nackten Haut wie möglich fühlen zu können, um jeden Moment seiner Nähe zu genießen. Ich umschlinge ihn mit Armen und Beinen und er entschädigt mich für den furchtbaren Tag – ach, was sag ich, für den ganzen furchtbarsten Monat meines Lebens.

Kapitel 6

Nach einem Tag, und vor allem nach einer Nacht wie die, die hinter mir liegen, müsste man eigentlich länger schlafen. Dennoch wache ich auf, als es draußen noch nicht wieder ganz hell ist. William ... *Daniel* liegt neben mir im Bett und scheint tief und friedlich zu schlafen. Er sieht entspannt aus und zufrieden. Der Schlaf, vielleicht auch der Sex, haben seine Gesichtszüge weicher werden lassen, der angespannte Zug um seinen Mund ist verschwunden, ebenso die zornige Falte zwischen seinen Augenbrauen.

Langsam und vorsichtig stehe ich auf, um ihn nicht zu wecken, nehme frische Wäsche sowie Jeans, T-Shirt und Schuhe aus meiner geöffneten Reisetasche und verlasse auf Zehenspitzen das Zimmer.

Williams Mischlingshündin Feeby, die er mir gestern kurz vorgestellt hat, kommt auf mich zugetapst und begrüßt mich schwanzwedelnd; sie scheint sich zu freuen, dass ich schon wach bin. Lächelnd beuge ich mich zu ihr herunter, um sie zu streicheln. Das erste Mal, seit ich hier bin, sehe ich mich in seinem Haus bewusst um. Es ist gemütlich, gepflegt, sauber und auf eine angenehme Art rustikal, ohne dabei spießig zu sein. Helles Holz, Rot- und Blautöne, alles ist geschmackvoll und praktisch eingerichtet.

Ich finde die Küche, mache eine Katzenwäsche an der Spüle und schlüpfe in meine Klamotten. Im Kühlschrank finde ich Milch und trinke sie direkt aus der Packung. Erste Sonnenstrahlen werfen ein Muster auf den Fußboden und ich denke über vergangene Nacht nach und über William. Alles zwischen uns war so innig, so zärtlich, so intensiv, es war viel mehr als nur ein bisschen Sex. Mit einem Mal fühle ich mich, als würde ich keine Luft mehr bekommen.

Ich kann das nicht!

Ich muss hier raus. Und zwar sofort.

Fast fluchtartig verlasse ich Williams Haus, aber das kann die Bilder in meinem Kopf nicht daran hindern, mitzukommen.

Ian, mein Verlobter, der Mann, den ich dachte zu lieben und mit dem ich den Rest meines Lebens verbringen wollte ... zusammen mit meinem eigenen Bruder. Nackt im Bett. Und eindeutig zu sehr miteinander beschäftigt, um mich zu hören. Das Ganze zwei Wochen vor unserer geplanten Hochzeit.

Ich kann nicht, unmöglich kann ich mich auf eine neue Beziehung einlassen. Die beiden gehörten zu den Menschen, denen ich am allermeisten auf der Welt vertraut habe, und sie haben mich einfach so hintergangen.

Und auch wenn ich weiß, dass es Quatsch ist, fühle ich mich unzulänglich, weil ich Ian offenkundig nicht geben konnte, was er gebraucht hat. Ich fühle mich verletzt, enttäuscht und gedemütigt. Und ich glaube, ich will nie, nie wieder eine Beziehung führen. Nie mehr wieder.

Ohne darüber nachzudenken, bin ich zur Farm gelaufen. Zu meiner Farm, die auch im Tageslicht noch schön aussieht, nun jedoch deutlich weitere Schwächen zeigt, die die Nacht gestern vor mir verborgen hat. Feeby ist mir gefolgt und schaut mich nun erwartungsvoll an.

+++

William wacht auf und Chloe ist weg.

Es ist wie ein Déjà-vu, so wie damals, als sie Teenager waren und sie ihn geküsst hat. Am nächsten Tag war sie verschwunden. Und zwar richtig.

Er wird den Tag nie vergessen. Und die Nacht davor auch nicht.

Chloe Winterfield war das schönste und das beliebteste Mädchen der Schule. Wahrscheinlich denkt man das immer, wenn man fünfzehn und bis über beide Ohren verknallt ist, aber sie war es wirklich. Clever, hübsch, Teamchefin der Volleyballmannschaft, wohlhabende Eltern. Alle Jungs, nicht bloß er, haben Stielaugen bekommen, wenn sie lächelnd einen Raum betrat, und William hätte nie auch nur zu hoffen gewagt, dass sie mehr als zwei Worte an ihn richten würde. Er war nicht gerade der Typ, auf den die Mädchen standen, er war immer eher ein Außenseiter. Jahrgangsbester, kein sonderlicher Sportfreak und weder so lässig wie die Jungs aus der Footballmannschaft noch so eloquent wie die von der Schülerzeitung.

Aber dann hat Chloe festgestellt, dass sie sich einen Teil ihres Heimwegs teilen. William hat das zwar schon lange gewusst, aber er war viel zu schüchtern, um sie darauf anzusprechen. Am Anfang sind sie noch schweigend mit ihren Fahrrädern nebeneinanderher gefahren, nach und nach haben sie sich immer mehr unterhalten und irgendwann haben sie manchmal über eine Stunde vor Chloes Haus gestanden und geredet.

Eines Tages hat William all seinen Mut zusammengenommen und sie gefragt, ob sie ihn auf den Sommerball der Schule begleiten möchte. Ohne zu zögern, hat sie zugesagt und William hat sich für den glücklichsten Typ der ganzen Welt gehalten.

Getoppt wurde dieses Glück noch, als sie sich nach dem Ball von ihm hat küssen lassen. Und nicht nur das, sie hat seinen Kuss voller Hingabe erwidert, sich an ihn geschmiegt, ihn von mehr träumen lassen. Nachdem sie ihm hunderte liebevoller Wörter ins Ohr gehaucht hatte, die ihn ganz schwach gemacht haben, ihn auf eine Art geküsst und berührt hat, die seine Knie hat weich werden lassen. Sie hat sich erst von ihm getrennt, als ihr Bruder kam, um nach ihr zu suchen, und William konnte anschließend die gesamte Nacht nicht schlafen. Sehnsüchtig hat er darauf gewartet, dass es endlich Morgen wird und er sie wiedersehen kann. Und um ganz sicherzugehen, dass ihre Eltern keine unangenehmen Fragen stellen, wenn er schon vor dem Frühstück vor der Tür steht, hat er noch ein paar Stunden länger gewartet.

Gegen Mittag hat er es schließlich nicht mehr ausgehalten, ist auf sein Fahrrad gestiegen und zu ihr gefahren. Ein wenig verwundert hat er den Umzugswagen wahrgenommen, der vor ihrem Haus stand, und konnte sich keinen Reim darauf machen.

Dann ging die Tür auf und ihr Vater kam heraus, sodass William einen Blick in das Haus werfen konnte. Im Inneren waren zig Leute irgendeiner Umzugsfirma damit beschäftigt, Dinge in Kartons zu packen, um diese nach und nach auf dem großen LKW vor dem Haus zu verstauen.

Fassungslos hat er einfach nur dagestanden und zugesehen. So lange, bis Chloes Vater ihn irgendwann bemerkt und freundlich zugewinkt hat.

„Wenn du zu Billy oder Chloe willst, muss ich dich leider enttäuschen, mein Junge. Wir ziehen um und sie sind bereits heute Morgen mit ihrer Mutter nach Boston gefahren."

Aus heutiger Sicht kommt es ihm entsetzlich theatralisch vor, aber damals hätte er schwören können, dass es sich kaum schlimmer anfühlen kann, wenn einem bei lebendigem Leibe das Herz herausgerissen wird. Er war fünfzehn und zum ersten Mal in seinem Leben so richtig verliebt. Und sie war gegangen, nach Boston gezogen, ohne auch bloß ein Wort davon zu erwähnen. Gestern Abend noch hatte sie ihm die große Liebe geschworen – und heute war sie einfach weg. Ohne auch bloß ein einziges Wort an ihn zu hinterlassen.

Und als ob sein gebrochenes Herz an sich noch nicht genug gewesen wäre, war es nach den Sommerferien wochenlang Gesprächsthema Nummer eins an seiner Schule. William Daniel Tucker hat mit Chloe Winterfield rumgemacht und am nächsten Tag ist sie auf und davon, so weit sie nur konnte.

Selbst wenn einem manche Erinnerungen als Erwachsener als nahezu lächerliches Problem erscheinen mögen, lässt sich das beklemmende Gefühl, das sie auslösen, dennoch nicht unterdrücken. Chloes Verschwinden und die darauf folgenden Hänseleien gehören eindeutig zu dieser Kategorie.

Seufzend und voller böser Vorahnungen setzt William sich auf und stellt seine Beine auf den angenehm glatten Holzfußboden vor dem Bett.

Heute – da ist Chloe schon wieder weg.

+++

Kapitel 7

Trotz aller Mängel bin ich ein wenig in mein kleines Farmhaus verliebt. Wenn es ein Mensch wäre, dann hätte es Stolz und Stil, auch wenn es vielleicht etwas kränklich wäre und nicht sonderlich wohlhabend. Ich mag so alte Gebäude, sie haben ihren eigenen Charakter und erzählen ihre eigene Geschichte. Sie haben so etwas wie eine Seele. Und hier ist es meiner Meinung nach ganz besonders der Fall. Dieses Gebäude mag vielleicht eher dem Vergleich mit einer Wiese voller Gänseblümchen als mit einem Strauch Zuchtrosen standhalten, aber schließlich ist ja allseits bekannt, dass Unkraut nicht vergeht.

Seufzend begutachte ich die baufällige Veranda, die zu überqueren vor lauter losen und morschen Brettern beinahe einem Hindernislauf gleichkommt. Den Schlüssel finde ich, so war es mit dem Sohn der verstorbenen Vorbesitzerin per Mail vereinbart, unter einem Blumentopf gleich neben dem Eingang.

Mit angehaltenem Atem und auf das Schlimmste gefasst öffne ich langsam die Tür. Ich habe zwar Bilder im Internet gesehen, aber die müssen ja erfahrungsgemäß nicht unbedingt der Realität entsprechen.

Als ich mich langsam traue, Atem zu holen, atme ich süßliche, abgestandene Luft sowie eine große Portion Erleichterung ein. Das Haus ist von innen wesentlich besser in Schuss als von außen und sogar die wenigen verbliebenen Möbel sind noch brauchbar und zum Teil sogar richtig schön. Liebevoll streiche ich über eine weiß lackierte

Kommode und bewundere einen alten Weichholzschrank, der im Flur steht.

In der Küche befindet sich eine hellgelb gestrichene Küchenzeile, die vermutlich noch aus den Vierzigerjahren stammt, oben im Schlafzimmer gibt es ein altes Bett mit einem Himmel aus mit kleinen, rosa Streublümchen bedrucktem Stoff und ich bin einfach hingerissen. Feeby folgt mir auf Schritt und Tritt und bleibt in jedem neuen Raum mit neugierig schief gelegtem Kopf sitzen. Dabei sieht sie aus, als wäre sie ebenso entzückt wie ich auch.

Als ich zurück auf die Veranda gehe, die Sonne auf meiner Haut spüre und den Duft von Kornfeldern und dem kleinen Wäldchen hinter mir einatme, habe ich zum ersten Mal seit Wochen das Gefühl, je wieder so etwas wie glücklich werden zu können.

„Hier steckst du!" Es ist nicht ganz eindeutig, ob William seinen Hund oder mich meint. Er wirkt merkwürdig distanziert, all die Leidenschaft und umwerfende Nähe von vergangener Nacht sind verschwunden. Stattdessen ist er wieder der schlecht gelaunte Mann von gestern, inklusive der kleinen steilen Falte zwischen seinen Augenbrauen. Dennoch betrachte ich seinen Mund, der so unglaublich küssen kann, einen Moment zu lange, bevor ich mich auf sein restliches Gesicht konzentriere.

„Ich wollte die Farm noch mal bei Tageslicht erkunden. Ihr Zustand ist weniger schlimm, als ich gedacht hätte. Ich … vielleicht könntest du mich zu Scott fahren? Ich würde ihn gerne fragen, ob er mir einen Wagen leihen kann. Und vielleicht weiß er ja auch einen guten Handwerker." Verlegen wische ich meine schwitzenden Handflächen an meiner Jeans ab, der Tag verspricht wieder heiß und sommerlich zu werden. „Ich möchte so schnell wie möglich hier einziehen können. Wenn es nach mir gehen würde, am besten noch heute", setze ich hinzu und kann beobachten, wie sein Gesichtsausdruck noch eine Spur grimmiger zu werden scheint, sofern das überhaupt noch möglich ist. Aus mir eigentlich unerfindlichen Gründen habe ich das Gefühl, mich für irgendetwas bei ihm entschuldigen zu müssen. Und plötzlich beginne ich mich um Kopf und Kragen zu reden. „Wegen damals … und auch wegen gestern Nacht … es tut mir leid. Es war ein Fehler, wenn ich könnte, würde ich es rückgängig machen." Ich stammle vor mich hin und bemerke schon beim Sprechen, dass es gehörig schiefläuft.

Williams linke Augenbraue wandert in die Höhe.

„Was genau tut dir leid, Chloe? Dass du mich vor sechzehn Jahren geküsst und mir deine ewige Liebe geschworen hast, um am nächsten Tag auf Nimmerwiedersehen zu verschwinden? Schwamm drüber. Wir waren jung und da macht man dumme Sachen. Und was genau tut dir jetzt noch leid? Dass du meine Hilfsbereitschaft ausgenutzt, zufällig halb nackt im Bad gestanden und dich mir dann an den Hals geschmissen hast? Oder sind es die vier Orgasmen, die du bereust und die dir leidtun?"

„Du hast mitgezählt?" Ich schnappe empört nach Luft. Klar hatte ich ein schlechtes Gewissen – aber dass ich ihn vorsätzlich ausgenutzt hätte, war ja nun auch nicht der Fall. „Schreibst du mir dafür später eine Rechnung, oder was soll das? Und jetzt stell es gefälligst nicht so dar, als hätte ich *dich* irgendwie ausgenutzt. Das ist weder gestern noch vor sechzehn Jahren der Fall gewesen!" Mit meinem Zeigefinger pikse ich in seine Brust. „Gestern warst *du* doch derjenige, der ausgenutzt hat, dass ich völlig am Ende gewesen bin. Und was damals angeht …" Ich hole ganz tief Luft, aber ich bin gerade so sauer, dass das auch nicht weiterhilft. Ich wollte das hier nett klären und er wirft mir so ein Zeug an den Kopf. Als hätte ich es darauf angelegt! In meinen Ohren rauscht das Blut, und ich fühle, wie der Muskel über meiner Schläfe zu zucken beginnt. Dann spüre ich förmlich, wie in mir eine Sicherung durchbrennt, und ich kann mich selbst nicht mehr stoppen. „Weder damals noch gestern kann ich mich daran erinnern, dich zu irgendetwas gezwungen zu haben. Weder vor sechzehn Jahren noch vergangene Nacht habe ich dir eine Waffe vor den Kopf gehalten und dich dazu genötigt, mich zu küssen oder gar Sex mit mir zu haben! Ganz im Gegenteil. Wenn ich dich mal darauf hinweisen darf, war ich eines der beliebtesten und begehrtesten Mädchen der Schule. Die Verehrer standen Schlange bei mir! Ich hätte an jedem Finger einen haben können, wenn ich nur gewollt hätte. Was man von dir nicht gerade behaupten konnte." Ich höre mich reden und kann mich selbst nicht leiden. Denn was ich sage, ist einfach unfair – ich war schrecklich verliebt in William, und Fakt ist, dass ich ihn jedem anderen hundertfach vorgezogen habe. Vielleicht habe ich schon damals geahnt, was mal für ein Mann aus ihm wird. Denn wenn ich ihn mir heute so anschaue … aber jetzt kann ich meine Worte nicht mehr zurücknehmen. Reue ist Vernunft, die erst einsetzt, wenn es zu spät ist. So schrecklich das auch sein mag.

William verschränkt die Arme vor der Brust und sein weißes T-Shirt schmiegt sich eng an seinen Bizeps. An der angespannten Muskulatur seines Kiefers kann ich erkennen, wie fest er die Zähne aufeinanderbeißt.

„Weißt du, was das Problem an gut aussehenden Frauen ist, Chloe? Sie vergessen, dass es wichtiger ist, ein gutes Herz zu haben als ein hübsches Gesicht."

Mit diesen Worten dreht er sich um und stapft in Richtung seines Hauses zurück.

„Arschloch! Dämlicher Nerd", schreie ich ihm hinterher, weil ich anscheinend immer noch nicht genug habe, noch nicht genug kaputt gemacht.

Er dreht sich zu mir um und zeigt mir mit einem sarkastischen Lächeln seinen Mittelfinger, bevor er nach seinem Hund pfeift und ich endgültig nur noch seine Rückseite zu sehen bekomme.

Zu meiner großen Schadenfreude ignoriert Feeby ihn jedoch, bleibt sitzen und schaut mich mit ihren großen, braunen Hundeaugen treuherzig an. Gedankenverloren tätschele ich ihr den Kopf.

Dieser Tag ist mit Sicherheit nicht gut für mein Karma – auch wenn ich gar nicht weiß, ob ich überhaupt an so etwas glaube.

+++

William ist durch und durch Wissenschaftler. Er mag es, wenn alles logisch abläuft, empirisch belegbar ist, in geordneten Bahnen verläuft.

Gefühle, die einen angeblich nicht mehr klar denken lassen, spirituelles Gedankengut, verallgemeinernde menschliche Weisheiten und Sprichworte – all das sind Dinge, die ihm mehr als suspekt sind.

Und dennoch: Es wird behauptet, dass man seine erste große Liebe nie vergisst. Auch wenn diese Erkenntnis vielleicht keine Allgemeingültigkeit haben mag: In seinem Fall trifft sie zu.

Vielleicht wäre es anders gekommen, wenn Chloe damals nicht weggegangen wäre. Wenn sie eine Chance gehabt hätten, Zeit miteinander zu verbringen, um sich eines Tages in einen anderen zu verlieben oder aber simpel festzustellen, dass sie gar nicht zueinander passen. Sich dann zu trennen und den anderen unendlich peinlich zu finden – wie Teenager das eben so machen.

Vielleicht wäre es auch anders gekommen, wenn seine Mutter nicht im selben Jahr an Krebs gestorben wäre und sich die Schmerzen des Liebeskummers nicht auch noch mit den Schmerzen der Trauer um seine Mutter vermischt hätten.

Aber die Dinge waren, wie sie eben waren. So hat er sich sein Leben lang fragen müssen, wie es wohl gewesen wäre mit Chloe und mit ihm. Er hat noch nie einen Menschen so sehr gewollt und war gleichzeitig so enttäuscht und wütend auf ihn. Denn auch wenn sie für den Umzug vielleicht nichts gekonnt hat, sie hätte sich zumindest einmal bei ihm melden können. Nicht, dass es an ihrer Situation wirklich etwas geändert hätte. Zumindest hätten eine Karte, ein Brief, ein Anruf oder überhaupt irgendein Lebenszeichen wahrscheinlich dafür gesorgt, dass er sich etwas weniger trostlos und verlassen gefühlt hätte.

Und wie es im Leben eben manchmal so ist, sind die Dinge, die man nicht haben kann, die, nach denen man sich am meisten sehnt. Kaum taucht Chloe wieder auf, ist das Gefühl auch schon mit aller Macht zu ihm zurückgekehrt. Und neben dem Sich-Sehnen auch die Wut auf sie.

Während er sich gestern noch verpflichtet gefühlt hat, ihr zu helfen, beschließt er nun, dass sie alleine zurechtkommen muss. Sie ist eine erwachsene Frau, alt genug, um selbst für sich zu sorgen. Außerdem hat sie ihn Arschloch genannt, was nicht gerade so klingt, als würde sie seine Hilfe überhaupt wollen.

Und als würde es nicht genügen, dass Feeby ständig ausbricht, nun ist sie auch noch gleich bei Chloe geblieben. Verräterisches Vieh.

+++

Nachdem William aus meinem Sichtfeld verschwunden ist, lasse ich mich auf die untersten Stufen der Veranda sinken, die einzige, die noch halbwegs heil ist. Mit einem ergebenen Schnauben setzt sich meine neue Freundin neben mich und legt mir ihre Schnauze aufs Bein.

Ich bin eine verdammte Idiotin. Ich habe alles verbockt, was man verbocken kann. Nicht nur, dass ich ihn beleidigt habe, ich habe mit ihm auch noch den einzigen Menschen vergrault, der in der Nähe ist und mir hätte helfen können. Und Hilfe hätte ich dringend gebraucht. Wie so oft in den letzten Tagen frage ich mich, ob es wirklich eine kluge Entscheidung gewesen ist. Einfach von zu Hause wegzugehen, eine Farm zu kaufen, die niemand will und eine Arztpraxis, die auch niemand will – und das alles bloß wegen eines Mannes, den ich nicht mehr will.

Die Sonne entwickelt immer mehr Kraft, und ich strecke mein Gesicht den warmen Strahlen entgegen, die beinahe schon unangenehm heiß geworden ist.

Doch egal wie lange ich jetzt auch darüber nachgrüble, ob ich die richtige oder die falsche Entscheidung getroffen habe, ich werde zu keinem Ergebnis kommen. Eines allerdings weiß ich sicher: Ich sollte mich für eine ganze Weile von Männergeschichten fernhalten, denn offensichtlich tun sie mir nicht gut. Am besten wird sogar sein, ich halte mich für den Rest meines Lebens von ihnen fern. Dann habe ich auch genügend Zeit und Energien übrig, um mich auf andere Dinge zu konzentrieren. Beispielsweise darauf, mein Zuhause so schnell wie möglich bewohnbar zu machen.

Voller Tatendrang stehe ich auf und untersuche den angrenzenden Stall, den ich noch nicht inspiziert habe. Er erweist sich als echte Goldgrube, er ist nämlich bis obenhin vollgestopft mit alten Möbeln und Werkzeug. Zum ersten Mal in meinem Leben bin ich meinen Eltern dankbar, dass sie im Sommer immer ohne uns Kinder Urlaub gemacht haben. Während sie sich in luxuriösen Hotels haben verwöhnen lassen, haben sie meinen Bruder und mich in irgendwelche Sommercamps geschickt. Dabei waren die angebotenen Themen der Camps nebensächlich, wichtig war nur, dass sie zeitgleich zum geplanten Urlaub meiner Eltern lagen. Auf diese Art und Weise habe ich mehr als bloß ein Jahr meinen Sommer mit handwerklichen Workshops verbringen müssen und anscheinend lernt man eben doch manchmal fürs Leben.

Trotz der dicken Staubschichten und den Jahren, die das eine oder andere Werkzeug auf dem Buckel zu haben scheint, sind die Sachen alle funktionstüchtig. Da ich im Inneren des Hauses eigentlich nur ein bisschen Farbe und jede Menge Wasser und Seife brauche, um es wieder auf Vordermann zu bringen, mache ich mich als Erstes daran, die morschen Dielen der Verandatreppe zu reparieren, bevor sich noch jemand das Genick bricht.

+++

Von seinem Schreibtisch aus hat William die perfekte Sicht auf das Haus seiner neuen Nachbarin, und sosehr er auch versucht, sich auf die Daten seiner letzten Versuchsreihe zu konzentrieren, will es ihm heute einfach nicht gelingen. Stattdessen wandert sein Blick immer wieder zu Chloe, die sich mit erstaunlichem Sachverstand über die kaputte Treppe hermacht.

Während die Sonne langsam höher steigt, kann er sehen, wie ihr schlichtes graues Tanktop immer größere Schweißflecken bekommt und an ihrem hübschen Körper festklebt.

Als ihm einfällt, dass sie da drüben nicht mal etwas zu trinken hat, regt sich so etwas wie ein schlechtes Gewissen in ihm. Bei dieser Hitze ist das nicht ungefährlich, und überhaupt wird sie aufgeschmissen sein, wenn sie nicht von irgendwoher Hilfe bekommt. Nachdem er sich das Schauspiel eine Stunde lang angeschaut hat, hält er es nicht mehr aus und ruft Scott und Jane an.

Auch wenn er wütend auf Chloe sein mag, hat er kein Interesse daran, dass sie hinterher noch tot umfällt.

Eine halbe Stunde nach seinem Anruf treffen Jane und Scott bei ihr ein; auf die beiden ist eben immer Verlass. Lächelnd betrachtet er einen Moment die beiden Menschen, die alles sind, was ihm von seiner Familie noch geblieben ist.

Seinen Vater hat er nie kennengelernt, seine Mutter hat sich immer darüber ausgeschwiegen. Als sie mit William schwanger wurde, hat sie als Zimmermädchen in einem Hotel in Lexington gearbeitet, und er vermutet, dass sie sich – jung und hübsch wie sie war – auf eine Affäre mit einem Gast eingelassen und erst viel später entdeckt hat, dass sie schwanger war.

Früher hatte sie immer Witze darüber gemacht, dass er selbst in der Schwangerschaft schon so ein braves Kind gewesen ist, dass sie ihn kaum bemerkt hat.

Gedankenverloren streicht er über die Buchstaben der Tastatur seines Notebooks, fühlt den Unterschied zwischen den wenig benutzten, die noch ganz rau sind, sowie denen, die durch das viele Tippen glatt geworden sind.

Er hat es nie beweisen können, aber er geht davon aus, dass die Krebserkrankung, die seiner Mutter das Leben gekostet hat und auch die, die seinen Großvater später umgebracht hat, eine ganz bestimmte Ursache gehabt haben. Eine, die zu vermeiden gewesen wäre, wenn manche Menschen nicht völlig skrupellos an ihrem Profit interessiert wären und das Geld lieber in teure Anwälte statt in teure Forschungen investieren.

Bevor er sich wieder an die Arbeit macht, steht er auf, um sich ein Glas Wasser zu holen. Als er an seinen

Schreibtisch zurückkehrt, sieht er Chloe, die mit Scott redet und über irgendetwas zu lachen scheint. Kurz darauf verschwindet sie im Haus und somit auch aus seinem Sichtfeld, und William spürt etwas, dass er als Bedauern bezeichnen würde, wenn das nicht völlig unmöglich wäre. Schließlich ist Chloe Winterfield eine der nervigsten und egoistischsten Personen, die ihm jemals untergekommen ist. Aber immerhin ist Feeby wieder da, anscheinend hat sie sie zurückgeschickt.

+++

„Ich bringe dir gleich frische Bettwäsche vorbei, dann kannst du ja heute schon in deinem neuen Haus schlafen. So wie du es dir gewünscht hast."

Scott und Jane haben mich gerettet. Keine Ahnung, was ich gemacht hätte, wenn sie nicht zufällig hier aufgekreuzt wären. Oder wenn das Haus nicht in einem so erstaunlich guten Zustand gewesen wäre.

Zwar haben wir den ganzen Tag geschuftet, um alles hinzubekommen, doch jetzt ist alles wunderschön und sauber, und ich bin diesen beiden Menschen, für die ich ja eigentlich eine völlig Fremde bin, unendlich dankbar dafür, dass sie mir so selbstlos geholfen haben. Nachdenklich streiche ich über die Fronten der alten Küchenschränke. Während ich in einigen Lebensbereichen, beispielsweise in meinem Beruf, völlig rational denke, herrscht in anderen Bereichen mitunter das pure Chaos. So im Nachhinein betrachtet, habe ich eindeutig mehr Glück als Verstand gehabt, was die Farm anbelangt. Ich weiß wirklich nicht, was ich gemacht hätte, wenn ich auf mich alleine gestellt gewesen wäre.

Während Jane nach Hause fährt, um mir Handtücher, Bettwäsche und ein paar Lebensmittel zu besorgen, sucht

Scott mit mir zusammen noch ein paar Möbel aus der alten Scheune aus, die ich mit ins Haus nehmen will. Den Rest werde ich im nächsten Ort bestellen, sobald mein Auto wieder funktionstüchtig ist, und mir liefern lassen. Von jeder Menge Kleinkram, der mir so einfällt, mal abgesehen, brauche ich dringend eine Waschmaschine. Zwar hat mir Jane angeboten, dass ich bis auf Weiteres ihre benutzen kann, jedoch weiß ich jetzt schon nicht mehr, wie ich das alles gutmachen kann, was die beiden für mich getan haben.

„Strom und Wasser laufen wieder! Deinen Koffer habe ich auch noch schnell von nebenan geholt." Scott kommt mit zufriedener Miene zurück zu mir in die Küche und erklärt mir dann, wie ich den Transformator und das Aggregat anschließen muss, falls es mal Probleme geben sollte. Die beiden sind einfach großartig.

Kapitel 8

Nachdem sie weg sind, sitze ich an meinem Küchentisch allein in meinem Haus und kann mich nicht entsinnen, wann ich das letzte Mal in meinem Leben so wenig mit mir anzufangen wusste wie in diesem Moment. Es ist so dermaßen still, dass ich meine eigene Atmung so laut wahrnehme, dass mir das Geräusch auf die Nerven geht.

Ich starre das Muster der Holzmaserung an, weil ich nicht weiß, was ich sonst tun soll. Doch – eigentlich weiß ich genau, was ich tun soll. Ich sollte über William nachdenken. Aber dazu bin ich einfach noch nicht bereit.

Irgendwann wird es mir zu blöd. Dieser Ort hat vielleicht dreihundert Einwohner, aber es gibt eine Kneipe, die mir gestern Morgen aufgefallen ist, nachdem ich getankt hatte. Und genau diese werde ich jetzt besuchen. Am besten, um mich dort hemmungslos zu betrinken. Da mein Auto immer noch nicht wieder repariert ist, muss ich ohnehin zu Fuß gehen und auf meine Fahrtüchtigkeit keine Rücksicht nehmen.

Ich werfe mich in mein schönstes weißes Sommerkleid und suche meine Cowboystiefel aus meinem Koffer, die ich nicht mehr getragen habe, seit wir aus Nebraska weggezogen sind und die ich nur eingepackt habe, weil sie für mich so sehr hierher gehören. Sie fühlen sich eng an, als wären meine Füße ein bisschen gewachsen, doch ich lasse sie trotzdem an.

Im Schuppen habe ich ein altes Fahrrad entdeckt, nach einer kurzen Suche finde ich auch noch eine Luftpumpe.

Es geht doch nichts über einen wohlsortierten Haushalt!

Nach einer halbstündigen Fahrt öffne ich gut gelaunt die schwere Holztür, und mir weht der Geruch von Bier, erhitzten Körpern und Zigaretten entgegen. Um das Klischee noch perfekt zu machen, höre ich die leisen Klänge von Countrymusik aus dem schummrigen Inneren. Mit dem Rauchverbot in öffentlichen Gebäuden scheint man es hier draußen wohl nicht so genau zu nehmen. In der kleinen Bar sind vielleicht zwanzig Menschen und der Blick aus ebenso vielen Augenpaaren wandert nun mit unverhohlener Neugierde zu mir.

Ich lächle, hebe so lässig wie möglich die Hand zu einem kurzen Gruß, bewege mich dann schnurstracks auf die Bar zu und bestelle mir ein Bier. Ein richtiges Bier, nicht die komische Light-Variante, die Männer mit dicken Bäuchen denken lässt, sie könnten doppelt so viel davon trinken, weil es weniger Kalorien hätte. Ich bin schließlich Ärztin und kann diese Art der Volksverdummung nicht unterstützen. Nach einem kurzen Blick auf die anderen Gäste beschließe auch ich auf ein Glas zu verzichten, mache es mir auf einem der Barhocker bequem und drehe mich so, dass ich sowohl den Barkeeper als auch die meisten der Gäste sehen kann.

„Du hast die Butterfly-Farm gekauft, stimmt's? Ich bin übrigens Jim." Der Barkeeper unterzieht mich einer kurzen Musterung, bevor er mir die Hand über den Tresen reicht. Er ist vielleicht Mitte vierzig und eindeutig auch einer derjenigen, die auf die Lüge mit dem Light-Bier hereingefallen sind. Ich ergreife seine Hand und drücke sie fest.

„Hallo, Jim, mein Name ist Chloe. Und ganz genau die bin ich." Auch wenn es mich eigentlich nicht wundern sollte, fühlt es sich dennoch komisch an, wenn mir völlig Unbekannte wissen, wer ich bin. Aber in so kleinen Orten sprechen sich Neuigkeiten eben schnell herum.

„Und was genau machst du hier? Außer dass du die Farm gekauft hast. Kaum jemand Fremdes zieht freiwillig hierher." Geschäftig wischt er mit einem Lappen über das dunkelbraune Holz des Tresens.

„Ach, ich komme ursprünglich aus der Gegend", antworte ich vage. Und dann, nach einem Zögern: „Außerdem werde ich nächste Woche die Praxis von Dr. Cooper übernehmen."

Über Jims Gesicht huscht ein Strahlen und nach einem kurzen „Das freut mich aber sehr" folgt, was so oft folgt, wenn ich erzähle, was ich beruflich mache: nämlich ein ausführlicher Bericht über diverse Krankheitsgeschichten. In diesem Fall jedoch nicht seine, sondern die seiner Frau, die seit den Geburten der Kinder unter Inkontinenz leidet. Zumindest entlohnt er mich mit einem weiteren Bier, diesmal auf Kosten des Hauses – als Willkommensgeschenk, wie er sagt.

Gerade als ich zum Trinken ansetze, öffnet sich die Tür und kein Geringerer als William Tucker betritt die Bar. Im Schlepptau hat er eine wirklich hübsche Brünette, die bestimmt zehn Jahre jünger als er ist, und auf seinem Gesicht zeigt sich ein gut gelauntes Lächeln. Letzteres allerdings erstarrt, als ich er mich entdeckt, um seiner gewohnten finsteren Miene Platz zu machen.

Kurz beugt er sich zu der schlanken Frau an seiner Seite. Ihre Jeans ist eine Nummer zu eng und ihr Ausschnitt ein bisschen zu tief, zudem sieht sie viel zu attraktiv aus und ich bin auf einmal unzufrieden. Nachdem William wenige Worte mit ihr gewechselt hat, sucht sie sich lächelnd einen Platz, während William auf mich zustapft.

„Was für ein Glück, dass du gleich wieder aufgehört hast zu lächeln. So gut gelaunt hätte ich dich beinahe nicht erkannt." Im Gegensatz zu ihm lächle ich nun erst recht, und zwar so entzückend, wie es nur geht.

„Wie kommst du denn hierher?“ Er steht jetzt so nahe vor mir, dass ich sein Aftershave riechen kann. Dunkel, würzig und männlich.

„Ich wohne in der Gegend. Hast du das etwa schon vergessen?“ Immer noch bleibe ich freundlich.

„Wie könnte ich?“ Dabei wirkt er, als wäre ihm ein kleines bisschen übel, und langsam werde ich sauer. „Ich glaube nicht, dass das hier der richtige Laden ist, wo Frauen wie du Spaß haben. Ich glaube auch nicht, dass das hier überhaupt die richtige Gegend dafür ist.“

Bilder von meiner ersten Nacht tauchen in meinem Kopf auf, und kurz bin ich versucht, ihm zu sagen, dass ich bereits jede Menge Spaß hier hatte, dann entscheide ich mich doch anders.

„Du könntest recht haben. Denn leider sind bisher weder mein Elektroschocker noch meine Kettensäge angekommen. Aber ich ertränke meinen Kummer erfolgreich in Alkohol, wie du siehst. Und jetzt wäre ich dir überaus dankbar, wenn du mich in Ruhe lassen würdest. Ohne dich trinkt sich mein Bier nämlich viel angenehmer.“ Keine Ahnung, warum ich in seiner Anwesenheit immer so zur Zicke mutiere. Irgendetwas an seiner Art treibt mich zur Weißglut.

Ohne noch ein Wort zu erwidern, dreht er sich um und geht zu der Frau, die bereits auf ihn wartet. Kopfschüttelnd sehe ich ihm nach.

„Was hast du denn mit William gemacht?“ Jims Frage klingt sowohl erstaunt als auch amüsiert. „So kenne ich ihn gar nicht. Er gehört zu den nettesten und beliebtesten Menschen im Ort. Es gibt eigentlich niemanden, mit dem er sich nicht versteht. Was hast du gemacht, um ihn in so kurzer Zeit zu verärgern?“

Mit einem entschlossenen Zug leere ich mein Bier und bestelle mir ein weiteres.

„Gar nichts. Wir kennen uns noch von früher."

Nachdenklich wandert Jims Blick von mir zu William und wieder zurück, bevor sich ein breites Grinsen auf seinem Gesicht einstellt. „Soso, von früher also." Sein Grinsen wird noch ein bisschen breiter. „Aber was sich liebt, das neckt sich, stimmt's? Und alte Liebe rostet nicht." Erneut beginnt er, mit dem Lappen die schon blitzsaubere Theke zu bearbeiten und sieht dabei so zufrieden über seine eigenen Theorien aus, dass ich lachen muss.

„Du bist wohl ein wandelndes Sprichwörterlexikon, was Jim?" Ich beuge mich vor und knuffe ihn kichernd auf den Oberarm, woraufhin er bloß mit den Schultern zuckt.

„Die alten Sprichwörter haben schließlich nur deshalb so lange überlebt, weil sie meistens richtig sind." Bevor er eine Bestellung aufnimmt, zwinkert er mir kurz zu und ich widme mich meinem dritten Bier an diesem Abend.

Mein drittes Bier bleibt nicht mein letztes, aber es ist das letzte, das ich selbst bezahlen muss. Anscheinend haben die restlichen Gäste von *Jim's* gerade so lange gewartet, wie sie es so eben für höflich gehalten haben, bis sich einer nach dem anderen zu mir gesellt, um mir etwas zu trinken auszugeben und dann damit zu beginnen, mich auszufragen. Dass ich die neue Ärztin bin, stößt dabei auf großes Interesse und ich höre mir den ganzen Abend Geschichten über eingewachsene Zehennägel, Hämorrhoiden und erhöhte Cholesterinwerte an. Aber weil alle so nett zu mir sind, höre ich geduldig zu und bitte die schlimmeren Fälle, mich doch mal in der Praxis zu besuchen, sobald ich diese übernommen habe.

Obwohl es mir sonst manchmal auf die Nerven geht, mir privat die Krankheitsgeschichten völlig Fremder anhören zu müssen (nicht, dass die von Bekannten immer unbedingt spannender wären), bin ich glücklich, als ich spätnachts das *Jim's* wieder verlasse, um nach Hause zu fahren.

Weit komme ich nicht. Anscheinend sind die alten Reifen nicht mehr die besten, denn als ich mich nach ein paar hundert Metern wundere, warum es sich auf einmal so schwer treten lässt, stelle ich fest, dass einer der beiden platt ist.

Wer sein Fahrrad liebt, der schiebt.

Und auch wenn ich den elenden Drahtesel in diesem Moment verfluche, schiebe ich ihn dennoch zurück. Vielleicht kann mir Scott helfen, ihn wieder in Gang zu bringen, bis mein Auto endlich funktioniert oder ich mir einen Leihwagen organisieren kann.

Während mir der Hinweg auf dem Fahrrad schon lang vorkam, scheint sich der Rückweg nun bis ins Unendliche zu ziehen. Mir tun die Füße weh und ich bin müde, außerdem ist es irgendwie ein bisschen unheimlich, wenn man ganz alleine hier draußen ist. Es ist wirklich ziemlich dunkel, nur der Mond spendet nach wie vor ein bisschen Licht und natürlich die kleine Taschenlampe, die ich immer in meiner Handtasche habe. In der Stadt wird es nie so dunkel wie auf dem Land. Dort gibt es immer Licht – von Straßenlaternen, beleuchteten Häusern, Reklame und vorbeifahrenden Autos. Und vor allem bekommt man da immer irgendwo ein Taxi.

Vielleicht sollte ich mir auch eine Waffe zulegen. Wobei die Wirksamkeit einer solchen ja etwas zweifelhaft ist, wenn jeder mit so einem Ding herumrennt. Die meisten hier haben bestimmt seit Kindheit an mit so einem Ding üben dürfen und wenn ich die schlechteste Schützin weit und breit bin …

Als ich ein Auto hinter mir höre, das eindeutig langsamer wird, als es an mir vorbeifährt, zucke ich zusammen. Erst dann fällt mir ein, dass es hier normal ist und ich vielleicht Glück habe und jemand für mich anhält, um mich nach Hause zu bringen. Schließlich waren alle froh, dass es jetzt eine neue Ärztin gibt, denn auf dem Land ist es oft sehr schwer, einen Nachfolger zu finden.

„Die neue Ärztin also …“ Durch die heruntergekurbelte Scheibe fixieren mich ein Paar gewitterhimmelgrauer Augen. „Ich dachte immer, da hätte man eine Vorbildfunktion und sollte sich nicht in aller Öffentlichkeit besaufen, noch bevor man seinen Einstand gegeben hat.“

Ich bin viel zu müde, um noch irgendetwas Schnippisches darauf zu erwidern, also bleibe ich einfach stehen und betrachte ihn schweigend.

„Na dann – bis nach Hause ist es ja noch ein Stück und du hast gute Chancen, wieder nüchtern zu werden. Ich wünsche Ihnen eine angenehme Nachtruhe, Ma'am!“ Dann gibt er Gas und ich sehe nur noch seine Rückleuchten. Mit offenem Mund schaue ich ihm nach, und als die Rückleuchten plötzlich in der Dunkelheit aufleuchten, bin ich ziemlich erleichtert. Er kommt zurück und ich muss nicht noch eine geschlagene Dreiviertelstunde zu Fuß nach Hause latschen.

Erneut hält er neben mir an und kurbelt das Fenster herunter.

„Ach übrigens – für Menschen aus der Stadt ist das oft unbegreiflich, aber wenn man bei seinen Cowboystiefeln darauf achtet, dass sie bequem sind und nicht nur ein schickes Blümchenmuster haben, dann läuft es sich deutlich besser.“ Bevor er wieder Gas gibt, tippt er sich noch kurz an seinen nicht vorhandenen Hut.

Ich brauche bestimmt eine halbe Minute, bis ich begriffen habe, dass er mich einfach hat stehen lassen. Mitten in der Einöde.

Dieses mistverdammte Arschloch!

Mit meinem unzulänglichen Blümchenstiefel kicke ich nach einem dicken Stein, der am Straßenland liegt, in der

Hoffnung, dass er eine dicke Beule in sein Auto schlagen wird. Aber natürlich ist es viel zu spät, und außer dass ich mir fürchterlich die Zehen stoße, passiert rein gar nichts.

Ein paar Mal atme ich tief durch, und als ich mich wieder ein bisschen beruhigt habe, muss ich einsehen, dass ich an dieser Lage wahrscheinlich selbst schuld bin. Ich habe William wirklich alles andere als gut behandelt.

+++

William Daniel Tucker ist ein ausgeglichener, höflicher Mann. Immer. Nur nicht, wenn es um Chloe Winterfield geht.

Diese Frau macht ihn wahnsinnig. Und das nicht im positiven Sinne. Sein Leben war ruhig und beschaulich. Bis sie aufgetaucht ist. Und das gilt für heute genauso wie vor sechzehn Jahren.

Bis vor ein paar Stunden hatte er noch gehofft, sie würde wieder verschwinden, und zwar möglichst schnell. Sie ist viel zu gestylt, viel zu kultiviert und viel zu sehr ein Mädchen aus der Stadt, um hierher zu passen. Die Einsamkeit dieser Gegend mag vielen zunächst als romantisch erscheinen, aber sie bekommt nicht jedem gut, und die wenigen Menschen, die sich mal von außerhalb aufs Land verirren, verschwinden meist genauso schnell wieder, wie sie gekommen sind. Klar, Chloe kommt aus Nebraska. Lexington ist dennoch eine Stadt und kein Vergleich zu einem so entlegenen Ort wie Greenfield.

Dass sie hier irgendwo einen Job hat, hätte er eigentlich kommen sehen müssen. Chloe mag zwar verrückt sein, jedoch bestimmt nicht verrückt genug, um herzuziehen, ohne irgendeine Perspektive zu haben.

Mit zusammengebissenen Zähnen lenkt er seinen Wagen bis nach Hause. Er stellt den Motor aus und schlägt die Wagentür hinter sich zu. Das Klappen der Tür durchbricht beinahe unangenehm die nächtliche Stille; er schaut zu den unbeleuchteten Fenstern von Chloes Haus, während er von einer seltsamen Unruhe ergriffen wird.

Fuck!

Fluchend macht er sich auf den Weg.

+++

Der Fußmarsch bewirkt zumindest eines: nämlich, dass ich langsam nüchtern werde, und zwar viel nüchterner, als es mir lieb ist. All die schöne alkoholbeseelte Hochstimmung, in der ich mich befunden habe, ist verschwunden und macht stattdessen einer persönlichen Krise Platz.

Morgen muss ich mich unbedingt darum kümmern, einen Leihwagen zu bekommen. Außerdem muss ich den Arzt anrufen, dessen Praxis ich gekauft habe, und ich muss mir eingestehen, dass es mich ein bisschen davor graust. Anscheinend versucht er sie schon seit drei Jahren loszuwerden. Zwar gehe ich davon aus, dass es schlicht daran liegt, dass niemand in diese einsame Gegend ziehen möchte, doch sicher sein kann ich mir natürlich nicht. Es war ein echtes Schnäppchen, und ich befürchte, dass die Sache einen Haken haben könnte.

Die Nacht ist kühl und ich ziehe meine Jeansjacke fröstelnd um mich, als nach der nächsten Biegung des Weges völlig unvermittelt eine finstere Gestalt vor mir auftaucht. Angewurzelt bleibe ich stehen und gebe einen leisen Laut von mir, während mir das Herz bis zum Hals zu schlagen beginnt.

„Scheiße, William, willst du mich umbringen?“ Als ich ihn endlich erkenne, kann ich mich nicht entscheiden, ob ich erleichtert sein soll oder ihm lieber eine verpassen möchte.

„Sehr gerne, aber meine gute Erziehung sowie sozialisierungsbedingte ethisch und moralische

Wertvorstellungen halten mich leider davon ab. Außerdem bin ich zu müde." Er legt eine künstlerische Pause ein, in der ich nur den Kies unter unseren Schritten knirschen höre. „Du solltest hier nicht alleine herumlaufen, Chloe. Böse Männer sind noch das Harmloseste, das hinter dem nächsten Busch lauern kann. Vor ein paar Jahren ist angeblich mal eine Touristin von einem Puma angefallen worden." Es ist unmöglich, an seinem Tonfall zu erkennen, ob er das ernst meint oder nicht. Wenn ich wetten müsste, würde ich jedoch auf Letzteres tippen.

„Du verarschst mich doch! Pumas gibt es frühestens in Kanada wieder!" Keine Ahnung, ob das der Realität entspricht, aber versuchen kann man es ja mal. William schweigt von nun an beharrlich, während ich in der Ferne das Geräusch eines Tieres höre, das mich an meinen Kenntnissen über die Fauna dieser Gegend zweifeln lässt.

Seltsamerweise fühlt es sich gut an, einfach so schweigend neben ihm her zu gehen. Auf den letzten Metern schließt Feeby sich uns an, die irgendwie entwischt sein muss. Aber als sie mit mir zur Butterfly-Farm gehen will, schicke ich sie zu William zurück. Ich will nicht, dass sie meinetwegen noch Ärger bekommt. Ganz vielleicht will ich auch nicht, dass William deswegen traurig sein könnte.

Kapitel 9

Am nächsten Morgen mache ich mich zu Fuß auf den Weg zu Scotts Werkstatt.

Zum einen muss ich dringend telefonieren und hoffe, dass ich sein Telefon ausleihen darf, denn Handynetz gibt es hier keins. Zum anderen brauche ich einen Leihwagen oder zumindest neue Schläuche für mein Fahrrad.

Die Sonne steht bereits hoch am Himmel, als ich reichlich verschwitzt in seiner kleinen Tankstelle ankomme. Scott lässt mich sofort in sein Büro, damit ich telefonieren kann.

Das Telefonat mit dem Noch-Inhaber meiner Praxis verläuft ziemlich skurril. Er ist sehr kurz angebunden, beinahe unfreundlich, sagt mir, er habe keine Zeit, dass ich die Praxis vorher schon besichtigen kann; ich solle in vierzehn Tagen vorbeikommen, dann würde er mich einweisen. Bevor ich noch etwas erwidern kann, hat er aufgelegt und geht anschließend nicht mehr ans Telefon. Verwirrt blicke ich auf den Zettel auf Scotts Schreibtisch, auf den ich mit einem Kugelschreiber lauter Totenköpfe gemalt habe. Wahrscheinlich beschreibt das meine momentane Verfassung ganz gut. Kopfschüttelnd reiße ich den Zettel ab und stecke ihn in die Tasche meiner Shorts. Als ich Scotts Büro verlasse, habe ich Bauchschmerzen.

„Es tut mir leid, der Lieferant hat die falschen Ersatzteile gebracht. Die richtigen kommen erst in ein paar Tagen. Aber du wirst sehen, anschließend ist dein Auto wieder wie neu!"

Ich muss lachen. Mein Auto ist uralt und in Momenten, an denen ich nicht der Selbsttäuschung erliege, muss ich mir eingestehen, dass es die letzte Schrottkarre ist. Wie neu wird das bestimmt nicht mehr.

„Fehlen dir die richtigen Teile für meine alte Karre oder zum Bau einer Zeitmaschine, dass du dich traust, solche Versprechungen zu machen, Scott?“

Er wischt sich die Hände an einem alten Lappen ab und zwinkert mir zu.

„Ich kann zwar vieles, das allerdings doch nicht. Du wirst schon sehen, dein Auto wird auch noch weitere zwanzig Jahre locker halten. Und falls du einkaufen musst, sage ich Jane, dass sie dich morgen mitnehmen soll. Sie will sowieso in die Stadt fahren. Sie kann auch den Lieferwagen nehmen, falls du größere Anschaffungen tätigen möchtest. Und ich kümmere mich um einen Leihwagen, dann bist du wieder mobil. Bis morgen Nachmittag wird es allerdings dauern.“

„Oh, das wäre prima.“ Es ist mir zwar unangenehm, wenn ich auf die Hilfe anderer angewiesen bin, aber auch in diesem Fall hilft keine falsche Bescheidenheit. Ich muss einkaufen, wenn ich etwas Vernünftiges zu essen oder saubere Wäsche haben will, und öffentliche Verkehrsmittel gibt es hier nun mal nicht.

„Prima. Ich sage ihr, sie soll dich morgen früh abholen. Und heute Nachmittag ein paar Lebensmittel vorbeibringen. Um dein Fahrrad kümmere ich mich auch.“

„Ich bin euch beiden so dankbar! Wenn ich mich richtig eingerichtet habe, lade ich euch zum Essen ein, um es wiedergutzumachen. Ich bin zwar keine so hervorragende Köchin wie Jane, aber ich hoffe, es wird euch trotzdem schmecken.“

Die Wahrheit ist, dass ich eine miserable Köchin bin, allerdings lasse ich das vorsichtshalber unerwähnt.

Immerhin hat ein kluger Kopf für solche Fälle Fertigprodukte erfunden.

Pünktlich zur vereinbarten Zeit hupt es vor meinem Haus und ich sehe den hellgrünen Lieferwagen durch mein Küchenfenster. Im Rausgehen schnappe ich mir einen der Äpfel, die in einer der alten Schalen auf dem Küchentresen stehen, und greife nach meiner Handtasche.

Der Tag ist noch jung und die Luft frisch, dennoch kann man den heißen Sommertag, der noch folgen wird, schon erahnen.

Fröhlich pfeifend nähere ich mich dem Lieferwagen, um dann beinahe zu stolpern. Denn statt einer gut gelaunten Jane blickt mir ein offenkundig mies gestimmter William entgegen.

„Jane hat ganz plötzlich Migräne bekommen." Grimmig blickt er mir entgegen. „Erst hat sie mich gebeten, für sie einkaufen zu gehen, und als sie sicher sein konnte, dass ich Zeit habe, hat sie mich auch noch gebeten, dich mitzunehmen." Die Falte zwischen seinen Augenbrauen lässt ihn irgendwie wie ein verärgertes Kind wirken, und ich muss ein bisschen schmunzeln, obwohl mich sein Verhalten eigentlich verletzt. Was letztendlich seltsam ist, wo ich ihn doch gar nicht leiden kann.

Die Fahrt in den nächstgrößeren Ort dauert fast zwei Stunden. Gelbgoldene Felder reihen sich an gelbgoldene Felder, unterbrochen von wenigen grünen Wiesen und vereinzelten Bäumen. Zwischendrin frage ich mich, wie die Leute davon noch leben können, wo die Preise für landwirtschaftliche Produkte immer weiter fallen.

Die meiste Zeit verbringen wir mit eisernem Schweigen, und ich habe nicht vor, es zu brechen. Als William allerdings an jedem zweiten Maisfeld anhält, um irgendwelche Proben zu nehmen, frage ich doch nach.

„Was machst du mit dem Mais?" Ich deute auf das verschlossene Probenglas in seiner Hand, das er gerade mit Datum und diversen anderen Ziffern beschriftet.

„Jedenfalls nicht essen." Er verstaut das Glas bei den anderen im Kofferraum.

„Ich bitte um Verzeihung für meine saudummen Fragen, Professor Superschlau." Ärgerlich verschränke ich die Arme vor der Brust.

Als wir losfahren, ist sein Blick etwas sanfter.

„Ich versuche, eine schädlingsresistente Maissorte zu züchten. Das haben auch schon zig Leute vor mir versucht. Aber ich denke, ich bin auf einem guten Weg." Kurz blickt er schweigend auf die Straße, bevor er weitererzählt, während seine Finger immer wieder aufgeregt auf das Lenkrad klopfen. „Dabei geht es nicht nur um das große Geld … na ja, vielleicht auch ein bisschen. Du glaubst gar nicht, was mit Schädlingsvernichtern alles angerichtet wird. Du musst dir vorstellen, dass die meisten Schädlingsvernichter Gift sind. Die Liste der einzuhaltenden Sicherheitsmaßnahmen und Risiken ist länger als jeder Beipackzettel. Und dann wird das Ganze hinterher als Lebensmittel angeboten oder als Viehfutter verwendet – was ja letztendlich ebenso zur Lebensmittelgewinnung dient. Jeder von uns kommt also mit dem Gift in Kontakt. Die Menschen, die in der Landwirtschaft arbeiten, sind dem besonders ausgeliefert." Die Pause, die er jetzt einlegt, dauert deutlich länger und diesmal hält er seine Hände ganz still. „Firmen, die heute damit werben, harmlose Pestizide und Herbizide herzustellen, haben früher Mittel wie Agent Orange entwickelt und hergestellt. Mittel, deren Spätfolgen bis heute spürbar sind. Und das ist nur die Spitze des Eisbergs!" Wieder eine Pause, diesmal blickt er stur geradeaus. „Ich kann es nicht beweisen. Meine Mutter und mein Großvater sind beide an Krebs gestorben. Und beide sind lange Jahre massiv mit Mitteln der Firma SantaMona in Kontakt gekommen. Es gab zahlreiche Prozesse wegen ähnlicher Fälle, schon vor dem Tod von Mom und Grandpa und auch noch danach. Aber solche Firmen haben vor allem eines – und das sind Spitzenanwälte." Der Blinker gibt ein klickendes Geräusch von sich, während William auf einen Parkplatz abbiegt, einparkt und den Motor abstellt.

„Das mit deiner Mutter tut mir sehr leid." Meine Stimme klingt völlig tonlos, als würde sie nicht zu mir gehören. Ich erinnere mich dunkel an eine hübsche, dunkelhaarige Frau mit den gleichen grauen Augen wie die ihres Sohnes. „Wann ist sie gestorben?"

William hat die Unterarme auf das Lenkrad des Lieferwagens gelegt und sich vorgebeugt. Zunächst sehe ich nur sein schönes Profil, dann dreht er mir sein gesamtes Gesicht zu und lächelt. Sein Lächeln ist verbittert, traurig, resigniert.

„Sie starb ein Jahr vor meinem Highschoolabschluss."

Etwas in meinem Bauch zieht sich zu einem unangenehmen Klumpen zusammen. Das Gefühl, irgendetwas sagen zu müssen, wallt in mir auf. William hat ein Schuljahr übersprungen. Sie muss also kurz, nachdem ich nach Boston gezogen bin, gestorben sein..

„Als wir damals weggezogen sind … ich hätte dir davon erzählt, wenn ich es gewusst hätte. Meine Eltern haben es uns selbst erst am Tag des Umzugs mitgeteilt, weil sie uns den Abschied nicht unnötig schwer machen wollten …" Dass meine Eltern manchmal einen Knall haben und es kaum schlimmer geht, als wenn beim Aufstehen jemand zu einem sagt: *„Übrigens ziehen wir alle nach Boston um – und zwar heute"*, verdränge ich lieber weiterhin.

William zuckt mit den Schultern und sein Gesicht wird wieder unergründbar.

„Es ist vorbei, Chloe. Ich habe schon lang nicht mehr daran gedacht."

Ich könnte wetten, dass er lügt, aber vielleicht ist es auch nur mein Ego, das gerne hätte, dass dies der Fall wäre.

Kapitel 10

Wer je behauptet hat, dass man Glück nicht kaufen könne, dürfte gar keine, oder zumindest nur sehr geringe, Ahnung von Shopping gehabt haben.

Ich zumindest fühle mich nach dem Kauf einer Waschmaschine, eines Kühlschrankes mit einem riesigen Gefrierschrank sowie von diversem Geschirr, Töpfen, Pfannen und sonstigem Haushaltskram deutlich besser. Außerdem deutlich ärmer. Aber irgendwas ist ja immer. Meine alten Sachen habe ich alle in Ians und meiner gemeinsamen Wohnung zurückgelassen. Ich will sie nicht mehr, es hängen zu viele Erinnerungen daran, die ich lieber vergessen möchte.

All meine neu erworbenen Habseligkeiten werden später geliefert und ich muss nichts selbst schleppen außer den zwei Taschen mit Jeans, ein paar Shirts und einem Cowboyhut, den ich mir gekauft habe, um mich ein bisschen besser vor der Sonne schützen zu können.

Zur verabredeten Zeit finde ich mich bei William auf dem Parkplatz ein. Im Näherkommen bemerke ich, dass er sich mit einem jungen Pärchen unterhält. Die beiden sind vielleicht Anfang zwanzig und das Mädchen legt ihm immer wieder in einer vertrauten Geste die Hand auf den Arm. Als ich sie genauer betrachte, erkenne ich sie: Es ist dieselbe Frau, die ihn neulich im *Jim's* begleitet hat.

Gerade lehnt er sich mit schief gelegtem Kopf zu ihr herüber und lacht über etwas, das sie sagt. Dabei wirkt er beinahe jungenhaft fröhlich und ein heißer Stich der Eifersucht macht sich in mir breit. Erst nachdem er mich entdeckt hat, verfinstert sich seine Miene zu jener schlecht gelaunten Maske, die mir inzwischen bereits so vertraut ist.

„Das sind meine Cousine Sammy und ihr Mann Dave", stellt er die beiden vor. „Und das ist Chloe, Dr. Coopers Nachfolgerin. Ich habe heute die Ehre, für euch alle den Chauffeur zu spielen."

Es ist seine Cousine und sie ist mit einem anderen verheiratet! Mein Herz macht einen freudigen kleinen Hüpfer, den ich mir nicht so recht erklären kann.

„Wir sind erst ganz frisch verheiratet, wissen Sie …" Glücklich kuschelt sie sich an ihren etwas dümmlich grinsenden Ehemann, der ihr einen kleinen keuschen Kuss gibt. „Wir haben eine Wohnung hier besichtigt, wir wohnen nämlich beide noch bei unseren Eltern. Und die waren nicht so begeistert davon, dass wir so früh geheiratet haben. Wenn alles klappt, können wir endlich zusammenziehen. Das wäre so super …" Vertrauensvoll beugt sie sich zu mir vor. „Sie wissen schon, jetzt ist es alles ein bisschen schwierig mit … der Ehe und so." Verschwörerisch zwinkert sie mir zu, bevor sie mit Dave zusammen auf die Rückbank vor der kleinen Ladefläche klettert.

Auf der Rückfahrt dreht William das Radio so laut, dass niemand auf die Idee kommen könnte, ein Gespräch anzufangen.

Nach ein paar Minuten beginnt William plötzlich immer wieder nervös in den Rückspiegel zu sehen, um sich anschließend fast krampfhaft auf die Straße zu konzentrieren.

Erst denke ich, ich bilde mir das Ganze nur ein, aber als er schon wieder erst in den Rückspiegel und hinterher leicht errötend auf die Straße schaut, will ich unbedingt wissen, was ihn so nervös macht, und drehe mich um.

Hinter uns sitzen Sammy und Dave heftig knutschend und sind so sehr miteinander beschäftigt, dass sie gar nicht mitbekommen, dass ich sie sekundenlang anstarre. Gerade lehnt Sammy ihren Kopf nach hinten, während Dave gleichzeitig an ihrem Hals knabbert und seine Hand unter ihr Top wandern lässt, um dann seinen Mund tiefer gleiten zu lassen und gleichzeitig den Saum ihres Tops gefährlich weit nach oben zu schieben. Sammys Lippen sind geschwollen und erwartungsvoll geöffnet. Ich habe genug gesehen; ich will gar nicht wissen, was dort hinter uns noch so vor sich geht, und wende mich lieber William zu, der in diesem Moment dabei ist, die Musik noch ein bisschen lauter zu drehen, da Sammy nun ein entzücktes Quieken von sich gibt, das einfach nicht zu überhören ist.

Der Bass ist nun in meinem ganzen Körper zu spüren; es erstaunt mich, dass das so simpel wirkende Radio zu einem solchen Sound fähig ist.

Die Rückfahrt ist kaum als etwas anderes als unendlich peinlich zu bezeichnen. Ich will nicht hinsehen und muss es trotzdem immer wieder und William scheint es kaum anders zu ergehen. Was die beiden dort hinten abziehen, ist definitiv nicht mehr jugendfrei, aber soweit ich erkennen kann, haben sie wenigstens ihre Hosen noch zu. Ich merke, dass so etwas wie Neid in mir aufkommt. Wie schön muss es sein, einander so sehr zu wollen, dass einem alles andere egal ist. Das ist mir das letzte Mal passiert, als … als William und ich miteinander Sex hatten.

Nachdem wir nach fast zwei Stunden endlich anhalten, haben wir alle einen roten Kopf, jeder aus verschiedenen Gründen. William setzt zuerst Dave und Sammy ab, um im Anschluss den Lieferwagen und mich zu Scott zu chauffieren, wo endlich ein Leihwagen auf mich wartet.

Als William sich von mir verabschiedet, bleibt sein Blick einen Moment an meinem Mund hängen. Nicht sehr lange, dennoch lang genug, um mich auf lauter dumme Gedanken kommen zu lassen.

Kapitel 11

In den nächsten zwei Wochen organisiere ich, kaufe ein und habe alle Hände voll zu tun, um mich so einzurichten, dass ich nicht ständig von anderen abhängig bin. Zum Glück habe ich wie versprochen nach einer Woche mein Auto wiederbekommen, was das Leben wirklich ungemein erleichtert. Zweimal habe ich den Versuch unternommen, die vierzig Meilen bis zu meiner Praxis zu fahren, doch beide Male war sie geschlossen und Dr. Cooper ist unter der von ihm angegebenen Nummer nicht mehr erreichbar gewesen.

Tagelang zerbreche ich mir den Kopf darüber, was mich wohl erwarten wird. Nicht einmal, dass Jane mir versichert, dass Dr. Cooper zwar etwas schrullig, die Praxis aber völlig in Ordnung sei, beruhigt mich sonderlich.

In der Nacht vor meinem geplanten Arbeitsantritt kann ich nicht schlafen. Wenn es mir doch gelingt, einzuschlafen, habe ich Albträume. Obendrein auch noch unausgeschlafen zu sein, macht solche Termine nicht unbedingt einfacher. Eigentlich mag ich keine Veränderungen. Ich habe es gern, wenn alles in ruhigen, geregelten Bahnen abläuft, mir die Dinge vertraut sind und ich mich nicht auf Unbekanntes einlassen muss.

Vielleicht hättest du dann nicht alles stehen und liegen lassen und nach Nebraska aufbrechen sollen?

Wohl wahr! Andererseits hätte ich in Boston unmöglich meinen alten Job behalten können – denn zu allem Überfluss war der leitende Arzt, der somit auch mein Chef war, Ians Vater. Auf gar keinen Fall hätte ich dort weiterhin arbeiten können, nachdem ich mich von seinem Sohn getrennt habe. Er konnte mich ohnehin noch nie richtig leiden.

So oder so hätte ich also etwas ändern müssen. Und nach Nebraska habe ich mich mein Leben lang gesehnt. Ich weiß gar nicht, warum ich nicht schon viel früher hierher zurückgekehrt bin.

Aus dem Fenster kann ich das kleine Waldstück erkennen, die unendlichen Weiten aus Feldern und Sandhills, den mit Gras bewachsenen Hügeln, für die Nebraska bekannt ist und auf denen einige Rinder weiden. In den ersten Sonnenstrahlen des Tages beginnt die Landschaft zu erstrahlen, und ein Lächeln stiehlt sich auf mein Gesicht. Was anderen einsam vorkommen mag, empfinde ich als wunderschön. Ich fühle mich wohl hier. Auch wenn mir noch ein bisschen die innere Ruhe fehlt, habe ich zum ersten Mal seit Jahren das Gefühl, wieder so etwas wie „zu Hause" zu sein. Auch wenn es für Außenstehende nach latentem Wahnsinn ausgesehen haben mag, in Boston alles stehen und liegen gelassen zu haben, um ausgerechnet nach Nebraska zu kommen, bin ich mit meiner Entscheidung gerade sehr zufrieden. Ich liebe dieses Haus, ich liebe die Landschaft, ich habe Scott und Jane wirklich ins Herz geschlossen. Und die Praxis, meine neue Praxis, wird mir mit Sicherheit auch gefallen.

Vier Stunden später bin ich abwechselnd zwischen Erleichterung und Entsetzen hin- und hergerissen. Bereits im Wartezimmer trifft mich fast der Schlag. Neben dem nahezu atemberaubenden Geruch von Desinfektionsmittel begrüßen mich ein helltürkisgrüner Linoleumboden und … Patienten. Ich bin so erstaunt, dass ich die Praxis beinahe rückwärts wieder verlasse. Vereinbart war, dass die Praxis eine Woche geschlossen bleibt und ich mich erst einmal in Ruhe einarbeiten kann. Aber jetzt bin ich hier und gehe auch nicht wieder weg. Ich straffe meine Schultern und halte meine Handtasche ein bisschen fester, dann setze ich mein seriösestes und charmantestes Lächeln auf und begrüße freundlich die anwesenden Patienten jeglichen Alters, die von ihren alten, vergilbten Zeitschriften aufblicken. Ich schaue mich kurz um. Hinter einem großen Tresen sitzt eine ältlich wirkende Dame in einem weißen Kittel und zupft gelangweilt an ihren lilagrauen Löckchen herum, die sie aussehen lassen, als wäre sie versehentlich einem Friseur für Pudel in die Finger geraten.

Entschlossen gehe ich auf sie zu. Unmittelbar über ihrer üppigen Oberweite befindet sich ein Schild mit der Aufschrift *Abigail.*

„Guten Morgen, Abigail!" Ich versuche, so freundlich zu sein, wie ich nur kann – verscherze es dir niemals mit der Schwester ist die allererste Lektion, die man lernt, sobald man als Ärztin arbeitet. „Ich bin Chloe. Dr. Cooper erwartet mich bestimmt schon?"

Ihr Blick wandert ohne sonderliches Interesse zu mir hoch, ihr hellrosa geschminkter Mund verzieht sich zu einer kleinen Schnute.

„Wenn Sie zum Arzt möchten, müssen Sie Platz nehmen und warten, so wie alle anderen. Dr. Cooper ist nicht da, wir erwarten seinen Nachfolger, Dr. Winterfield, jeden Moment."

Das kann ja heiter werden.

„Da liegt ein Missverständnis vor. Ich bin … ähm, mein Name ist Chloe Winterfield, ganz ohne Doktortitel, aber der neue Arzt bin ich trotzdem."

Nachdem Abigail mir berichtet hat, dass Dr. Cooper – entgegen unserer Absprache – bereits seit einer Woche seinen Ruhestand auf Hawaii feiert und nicht vorhat, so bald wiederzukommen, zeigt sie mir die Praxis. Meine Praxis.

Meine Praxis, für die zusammen mit meiner Farm beinahe mein komplettes Erspartes draufgegangen ist.

Anschließend ist mir schwindelig. Nicht mal, dass sie schlecht ausgestattet gewesen wäre, aber hier wirkt alles wie aus einem Horrorfilm aus den Fünfzigerjahren, in dem Patienten von durchgeknallten Ärzten mit Elektroschocks gequält werden. Der hässliche, mintfarbene Linoleumboden setzt sich durch alle Räume fort, dazu gibt es jede Menge deprimierendes Knastgrau in Kombination mit Rentnerbeige und abgegriffenen Edelstahl. Unterstützt wird die wenig einladende Komposition auch hier von Desinfektionsmittel und …

„Kann es sein, dass es hier nach Formaldehyd riecht?" Leicht angewidert ziehe ich die Nase kraus, um dann Abigails Blick zu folgen und nun richtig angewidert zu sein.

„Der Doc hat zwischendrin als Tierarzt ausgeholfen und die interessanten Sachen immer präpariert!" Sie weist auf eine Reihe von Glasgefäßen, in deren klarer Flüssigkeit Figuren wie aus dem Gruselkabinett schwimmen.

„Sind das da Feten siamesischer Schafe?" Ich zeige auf die zwei blassen, haarlosen kleinen Tiere, die an der Brust zusammengewachsen sind. Meine neue Sprechstundenhilfe nickt eifrig, und bevor sie mir die anderen Dinge zeigt, wende ich mich schnell ab.

„Einen Computer gibt es keinen?"

Beinahe ein wenig traurig schüttelt Abigail ihren Kopf mit dem grauvioletten Haar, das sich irgendwie unangenehm mit dem Fußboden beißt.

„Der Doc hielt nicht viel von so moderner Technik. Dabei habe ich extra einen Kurs gemacht … um dann lediglich die Bilder vom Ultraschall und Röntgen ausdrucken zu können und ein paar Rechnungen zu schreiben. Der einzige Computer ist uralt und steht im Hinterzimmer." Mit einem pink lackierten Fingernagel schnippst sie sich einen imaginären Fussel von ihrem Kittel. „Und dabei war ich die Beste in diesem Kurs!“ Jetzt klingt sie regelrecht deprimiert und ich muss lächeln.

„Dann müssen wir ja dringend zusehen, dass Sie in Zukunft mehr am Computer machen können, oder?“ Ich klinge optimistischer, als ich es bin, und Abigail lächelt glücklich. „Und jetzt kümmere ich mich mal um die Patienten draußen. Letztendlich bin ich ja deswegen hier.“ Auch wenn ich nicht mit ihnen gerechnet hätte, will ich sie nicht wieder wegschicken. Ich ziehe mir einen weißen Kittel von Dr. Cooper über, in dem ich etwas verloren wirke, schreibe meinen Namen mit Kugelschreiber auf ein Stück weißes Pflaster und klebe es über seinen Namen. Hätte ich gewusst, dass ich heute bereits voll einsteigen muss, hätte ich meinen eigenen mitgebracht.

„Sie sehen fast schon aus wie eine richtige Ärztin!“ Abigail lächelt mir aufmunternd zu und klimpert dabei mit ihren Augen, die zu viel blauen Lidschatten abbekommen haben, bevor sie mir die Karte mit den Daten des ersten Patienten auf den Tisch legt. Sie scheint recht gut organisiert zu sein. Bei einem kurzen Blick in die Krankenakte stelle ich zu meinem Leidwesen fest, dass man das von Dr. Cooper nicht hat behaupten können: Er hat zwar grob notiert, was die Patienten für Symptome aufgewiesen haben, und auch ein Datum dazugeschrieben, das jedoch nur aus Tag und Monat besteht; die Jahreszahlen schien er für überflüssig gehalten zu haben. Seufzend klappe ich die Karte wieder zu – ich werde wohl jeden Einzelnen befragen müssen, wenn etwas Relevantes in der Akte steht. Zumindest bringt mich das in engeren Kontakt zu meinen Patienten, was ja auch von Vorteil sein kann.

Kapitel 12

Zuerst behandle ich eine infizierte Wunde, darauf ein Kind mit Halsschmerzen und Fieber, anschließend begutachte ich einen Schnitt in einem Arm und beschließe, ihn zu nähen. Abigail erweist sich dabei als hilfreich, strukturiert und kompetent, ich muss meinen ersten Eindruck von ihr revidieren. Nachdem ich die Wunde verbunden und meine Hände gewaschen sowie mit Abigail zusammen die Instrumente gereinigt habe, bringt sie mir einen Kaffee und eine neue Patientenkarte.

„Als Nächstes kommt Winona Chesterfield. Sie werden den Kaffee sicher gebrauchen können!"

Bevor ich noch dazu komme mich zu fragen, wie sie das gemeint haben könnte, ist sie schon verschwunden und meine neue Patientin kommt herein. Sie scheint zum selben Friseur zu gehen wie Abigail, auch ihre Haare wirken wie das Fell eines Pudels, sind aber nicht lilagrau, sondern erstrahlen in einem sanften Rosaton. Seltsame Haarfarben scheinen hier wohl in Mode zu sein. Laut ihren Patientenunterlagen wird sie in zwei Jahren achtzig. Verkniffen verzieht sie das Gesicht, als sie mich hinter dem Schreibtisch sitzen sieht.

„Guten Tag, Mrs. Chesterfield. Wie kann ich Ihnen weiterhelfen?"

„Indem Sie mir einen Arzt holen."

Auch wenn ich gerne die Augen verdrehen würde, bleibe ich freundlich.

„Ich bin der neue Arzt, Mrs. Chesterfield." Mein Lächeln ist so zuckersüß, dass ich das Gefühl habe, mein Gesicht müsse davon kleben.

„Sie? Sie sind doch gerade erst der Highschool entsprungen. Ich will einen richtigen Arzt!" Entschlossen lässt sie sich auf einen Stuhl sinken, lehnt ihren Stock dagegen und verschränkt die Arme vor der Brust. Ich sollte es wirklich als Kompliment nehmen, dass sie mich für so jung hält. Leider gelingt mir das nicht, stattdessen ärgere ich mich darüber, dass sie mich anscheinend nicht für kompetent genug hält, um sie zu behandeln – was auch immer sie haben mag.

Ich bemühe mich, mein professionellstes Gesicht hervorzubringen, und bereue es, keine Brille zu haben, die ich in diesem Moment ganz wichtigtuerisch auf- oder absetzen könnte.

„Ma'am, ich fühle mich wirklich sehr geschmeichelt, dass Sie mich für so jung halten. Dennoch kann ich Ihnen vergewissern, dass ich über ein abgeschlossenes Studium sowie mehrere Jahre Berufserfahrung verfüge. Wenn Ihnen das allerdings nicht ausreicht, kann ich Ihnen gerne die Nummer der umliegenden Ärzte heraussuchen. Falls Sie lieber einen von denen konsultieren möchten. Ich meine gelesen zu haben, dass es bis zur nächsten Arztpraxis gerade mal knapp hundertzwanzig Meilen sind."

Mit einem sehr undamenhaften und missbilligenden Schnauben hebt sie die Hand.

„Schon gut, ich bleib ja hier." Dabei klingt sie, als würde sie mir damit einen persönlichen Gefallen tun. „Dass ihr jungen Dinger aber auch immer gleich so empfindlich sein müsst. Man wird ja wohl noch mal fragen dürfen! Heutzutage ist schließlich fast alles möglich. Seit ein Schwarzer an der Regierung ist, ist man ohnehin vor nichts mehr sicher, da weiß man nie so genau ..."

„Mrs. Chesterfield, was genau führt Sie denn nun zu mir?" Ich habe wirklich keine Lust, mir ihren rassistischen Mist anzuhören, außerdem ist das Wartezimmer noch voll mit Patienten.

„Gilt dieses ganze Zeug, dass Sie niemandem etwas erzählen dürfen, eigentlich auch für Sie?" Ihre Augen fixieren mich wie ein Adler ein Kaninchen und sie klopft rhythmisch mit dem Stock, den sie nun wieder in die Hand genommen hat, gegen das Stuhlbein.

Leise seufzend greife ich nach meinem Kaffee – ich kann ihn tatsächlich gebrauchen. Ein Whisky wäre allerdings noch besser gewesen. Ich betrachte sie ein bisschen eingehender, diese unreine Haut, ihr übergewichtiger Körper, die brüchigen Fingernägel und der leichte Kropf – ich würde gerne mal testen, ob mit ihrer Schilddrüse alles in Ordnung ist.

„Ja, auch ich unterliege der Schweigepflicht. So wie alle Ärzte." Der Kaffee ist köstlich, stark und mit einem Schuss Milch und etwas Zucker, genau so, wie ich ihn mag. Abigail muss Gedanken lesen können.

Die alte Dame vor mir hört auf zu klopfen und schaut kurz auf den Boden.

„Gut", sagt sie, als sie mich ansieht. „Ich habe nämlich seit einiger Zeit Probleme mit meinem Schmuckkästchen. Es … ist nicht mehr richtig geölt."

Stirnrunzelnd nehme ich noch einen weiteren Schluck und frage mich gerade, was das wohl mit mir zu tun haben sollte, als sie erneut zum Sprechen ansetzt.

„Mr. Chesterfield hat dadurch etwas Probleme, seinen kleinen Mr. Chesterfield darin unterzubekommen, wenn Sie wissen, was ich meine."

Leider weiß ich spätestens jetzt ganz genau, was sie meint, und um ein Haar verschlucke ich mich an meinem Kaffee.

Als sie die Praxis fünf Minuten später mit einem Rezept für eine medizinische Gleitcreme verlässt, ist mein Kopf ungefähr so rot wie eine Tomate. Einen Termin zum Blutabnehmen, damit ich ihre Schilddrüsenwerte überprüfen kann, wollte sie sich nicht geben lassen, von solch neumodischem Kram würde sie nichts halten.

Bei jedem neuen Patienten bin ich nun auf das Schlimmste gefasst, aber zum Glück verläuft der restliche Tag ohne Zwischenfälle.

Abigail ist ein echter Goldschatz. Sie versorgt mich abwechselnd mit Kaffee und Mineralwasser, gegen Mittag bringt sie mir sogar einen Salat mit Hähnchenbruststreifen und frischem Maisbrot, wo auch immer sie den hergezaubert haben mag.

Gegen Nachmittag wird es ein bisschen ruhiger, doch als wir Feierabend machen, bin ich trotzdem völlig erledigt. Als ich mich neben Abigail setze, um zu besprechen, was noch alles anliegt, fällt mein Augenmerk erneut auf die gruseligen Präparate.

„Gibt es hier so etwas wie ein Entrümplungsunternehmen? Und ich bräuchte auch noch jemanden, der neue Fußböden verlegen und anstreichen kann."

Ihr Blick folgt dem meinen, und sie lächelt. „Wenn man hier so viele Jahre arbeitet wie ich, nimmt man die Dinger irgendwann gar nicht mehr wahr. Aber am Anfang habe ich ständig Albträume davon bekommen." Schließlich lächelt sie mich an, und ich stelle fest, dass ich sie, trotz der hässlichen Frisur und des seltsamen Lippenstifts, gerne leiden mag.

„Ich könnte meinen Sohn Alex fragen, wenn er am Wochenende zu Besuch ist. Dann sieht die Praxis bestimmt bald ganz anders aus."

Kaum bin ich zu Hause, kommt Feeby angetrottet und stupst mich mit ihrer feuchten Nase an.

„Heute gehen wir nicht mehr laufen, Süße. Morgen früh, versprochen." Ich kraule das weiche Fell hinter ihren Ohren, bevor ich ins Haus gehe und von der Tür aus beobachte, wie sie zurück zu William läuft. Sie bellt ein paar Mal, bevor er ihr öffnet, um sie hereinzulassen, und unsere Blicke treffen sich. Irgendetwas passiert mit mir, ein paar Nervenenden werden stimuliert, die eindeutig unterhalb meines Bauchnabels sitzen. Ich winke ihm kurz zu, so cool ich eben kann – bloß keine Schwäche zeigen –, um dann schnell die Tür hinter mir zu schließen. Immer wieder habe ich mich in den letzten Tagen dabei ertappt, dass ich zu seinem Haus hinüberschaue, in der Hoffnung, ihn irgendwo zu sehen, und langsam fühle ich mich ein bisschen, als wäre ich eine leicht irre Stalkerin. Wahrscheinlich liegt es ohnehin bloß daran, dass ich kaum einen anderen attraktiven Mann zu Gesicht bekommen habe, seit ich hier bin.

Dabei interessieren dich doch Männer seit Neuestem grundsätzlich nicht mehr …

+++

Sein Plan, sich einfach nicht mehr mit Chloe zu beschäftigen, ist anscheinend kein sehr guter gewesen.

Jeden Morgen beobachtet er sie, wenn sie das Haus verlässt, um mit seinem untreuen Hund joggen zu gehen. Er beobachtet sie, wenn sie verschwitzt zurückkommt, und das Wissen, dass sie sich kurz darauf auszieht, um eine Dusche zu nehmen, macht ihn jedes Mal halb wahnsinnig.

Er weiß, dass heute ihr erster Arbeitstag war und völlig irrationalerweise hat er sie *vermisst.* Was ja nicht sein kann. Man kann niemanden vermissen, mit dem man sonst keine Zeit verbringt. Und schon gar nicht jemanden, den man nicht leiden kann. Er trommelt mit dem Kugelschreiber auf die Eichenplatte seines Schreibtischs und schüttelt unwirsch den Kopf, als könne er damit die Gedanken an diese Frau vertreiben. Dann versucht er, sich wieder auf seine Arbeit zu konzentrieren.

+++

Die Woche ist so schnell vorbeigegangen, dass ich kaum glauben kann, dass heute schon Freitag ist.

Abigail nimmt nur bis mittags Patienten an, danach schließen wir, und ihr Sohn kommt mit einem Kumpel vorbei, um uns beim Renovieren der Praxis zu helfen. Er hat sogar den von mir gewünschten neuen sonnengelben Linoleumboden in seinem Lieferwagen mitgebracht und irgendwoher ein paar weiß lackierte Holzstühle für Wartezimmer und Behandlungsraum aufgetan. Abigails Sohn Alex ist ein hübscher Kerl mit schwarzem Haar und schokoladenbraunen Augen, denen man ansehen kann, dass er alles andere als dumm ist. Seine Mutter hat mir im Vertrauen erzählt, dass er nach dem College eigentlich Archäologie studieren wollte. Doch dann ist er zur Army gegangen und während eines Einsatzes in Afghanistan am Kopf verletzt worden. Seitdem hat er Schwierigkeiten, sich zu konzentrieren. Statt eines Studiums beschäftigt er sich nun mit dem Kauf und Verkauf von altem Trödel und ist in der Gegend das Mädchen für alles, wenn es um Handwerkliches geht.

Er begrüßt mich mit einem freundlichen, festen Händedruck, bevor er sich mit seinem Kumpel an die Arbeit macht.

Ich will eigentlich mithelfen, aber die beiden Männer geben mir ziemlich deutlich zu verstehen, dass sie mich nicht gebrauchen können und ich ständig im Weg herumstehe.

Zumindest den alten dunkelbraunen Schreibtisch will ich noch entrümpeln, bevor ich nach Hause fahre. Alex hat versprochen, ihn irgendwo weiß lackieren zu lassen, die Praxis braucht wirklich ein paar helle Farben. Ich schnappe mir einen großen Karton und beginne die Schubladen auszuräumen. Darin sind jede Menge Stifte, Radiergummis und Kugelschreiber, genug, um ganze Schulklassen auf Jahre versorgen zu können. Ich packe alles ein. Abigail hat mehrfach betont, dass Dr. Cooper nichts mehr aus der Praxis haben möchte und vermutlich auch nie mehr hierher zurückkehren wird, also packe ich alles in die Kiste mit den Sachen, um die Alex sich später kümmern soll. Ich krame tiefer in der Schublade, bis meine Hand auf irgendetwas Ledriges stößt. Als ich es herausziehe, lasse ich es mit einem schrillen Schrei wieder fallen. Beinahe im selben Moment stürmen auch schon Alex und sein Kumpel in den Raum.

„Alles in Ordnung mit Ihnen, Doc?" Er hat die Malerrolle wie eine Waffe erhoben und sucht den Raum mit seinen Augen nach potenziellen Eindringlingen ab.

Meine Hand legt sich auf mein rasendes Herz, und ich nicke stumm, bevor ich auf das Objekt zeige, das ich gerade aus der Schublade gezogen habe.

„Das … ich glaube, das dort ist ein Schrumpfkopf."

Alex lässt die Malerrolle sinken und er schaut interessiert auf das gut faustgroße Objekt, das unter meinem Schreibtisch gelandet ist. Er bückt sich, um es kurz zu betrachten, geht dann die Malutensilien weglegen und kommt mit gewaschenen Händen wieder, bevor er es aufhebt und auf meinen Schreibtisch legt.

„Für mich sieht er echt aus." Er dreht ihn hin und her, und ich ekle mich fast zu Tode. Natürlich bin ich Ärztin, ich habe in meinem Leben schon Leichen gesehen und auch schon welche seziert. Und einige davon waren weiß Gott nicht mehr in ihrem besten Zustand. Aber irgendwo sind

Grenzen. Bei mir sind sie bei diesem mumifizierten, ledrigen Etwas erreicht.

„Schauen Sie mal, er hat einen Mechanismus, mit dessen Hilfe er die Zunge rausstrecken kann!" Alex klingt beinahe entzückt, trotzdem weigere ich mich, mir das makabere Teil genauer anzusehen.

„Ich dachte immer, die Münder werden zugenäht, damit die Rachegeister nicht herauskönnen ..." Irgendwo meine ich, das mal gelesen zu haben.

„Ja, ursprünglich war das auch so. Die Schrumpfköpfe waren Kriegsbeute und der Sieger wollte sich so vor dem Geist seines Opfers schützen. Aber im neunzehnten und zwanzigsten Jahrhundert waren Schrumpfköpfe ein beliebtes Mitbringsel von Seefahrern und es gab dadurch auch so etwas wie Auftragsarbeiten. Und hier galt: je skurriler, desto besser." Wieder betätigt er den Mechanismus und ich wende mich ab. „Darf ich den für Sie verkaufen, Doc? Ich schätze, der ist locker zehntausend Dollar wert. Wenn nicht noch mehr." Er sieht richtig begeistert von diesem Fund aus.

„Bitte – machen Sie damit, was Sie wollen. Solange das Teil hier nur wegkommt."

Zehntausend Dollar!

Dass es wirklich Menschen gibt, die für so etwas auch bloß einen Cent ausgeben, glaube ich erst, wenn ich Beweise dafür habe.

Ich räume noch eine Weile hin und her, dann beschließe ich, heim zu fahren. Fußboden verlegen kann ich nicht und gestrichen habe ich noch nie gerne. Stattdessen nehme ich eine der Schubladen mit den Krankenakten komplett aus dem Schrank. Ich will damit beginnen, diese so gut es geht zu digitalisieren; Abigail hat heute auch schon welche mit nach Hause genommen. In meinem kleinen Haus ist dafür momentan mit Sicherheit mehr Ruhe als in der Praxis.

Kapitel 14

Ich liebe den Geruch des alten Hauses, der mich umfängt, als ich die Tür aufschließe. Es fühlt sich immer ein wenig so an, als würde es mich willkommen heißen mit einer Mischung aus Holz, uraltem Staub, den man nie mehr ganz wird entfernen können, Waschmittel und dem Duft meines Raumerfrischers.

Leise stöhnend stelle ich die Schublade mit den Patientendaten auf der hellblauen Kommode ab, die ich bei den Möbeln im Schuppen gefunden habe. Ich hätte mir doch die Arbeit machen sollen, alles in einen Karton umzupacken, denn zusammen mit der Schublade hatte ich bereits nach wenigen Metern das Gefühl, dass das bisschen Papier mindestens hundert Kilo wiegen muss. Anschließend nehme ich eine heiße Dusche und ziehe mich um. In den letzten Tagen ist es vor allem gegen Abend deutlich kühler geworden, und ich streife mir in meinem Schlafzimmer eine bequeme Jeans und ein langärmeliges kornblumenblaues Shirt über.

Voller Arbeitseifer setze ich mich an meinen Esstisch und beginne, die Akten zu sichten und zu sortieren. Das Chaos, das Dr. Cooper teilweise hinterlassen hat, ist einfach unglaublich. Ohnehin ist es kaum zu verstehen, wie man heutzutage noch freiwillig auf einen Computer verzichten kann, wo er einem das Leben doch so oft so sehr vereinfachen kann. Trotzdem komme ich wirklich gut voran, und ich denke, dass mir zwar noch ein paar Tage Arbeit bevorstehen dürften, bis alles digitalisiert ist, aber dass es durchaus zu schaffen sein sollte. Also tippe ich Karte für Karte ab.

Ich arbeite eine Weile und stehe erst auf, als das Telefon klingelt.

Stirnrunzelnd erkenne ich die Nummer meines Bruders, die auf dem Display erscheint. Meine Mutter muss ihm meinen neuen Anschluss verraten haben, als ich sie ihr pflichtschuldig mitgeteilt habe.

„Hallo, Kürbisköpfchen“, sagt er, nachdem ich mich gemeldet habe, und klingt zerknirscht.

„Hi“, erwidere ich ein wenig tonlos; ich weiß nicht so recht, was ich von seinem Anruf halten soll.

„Chloe ... ich … es tut mir alles so verdammt leid.“

Eine halbe Stunde lang entschuldigt sich mein Bruder bei mir. Tränenreich und aufrichtig. Als das mit Ian passiert ist, hatte sich mein Bruder gerade von seinem damaligen Freund getrennt. Er war sturzbetrunken und völlig am Ende. Ursprünglich war er zu mir gekommen, um sich bei mir auszuweinen. Aber ich war gerade unterwegs, nur Ian war zu Hause. Und dann ergab eines das andere.

Beinahe schweigend höre ich mir seine Geschichte an, und als wir uns verabschieden, bin ich aufgewühlt, aber etwas versöhnlicher ihm gegenüber gestimmt.

Was er gemacht hat, hätte nicht passieren dürfen. Betrunken hin oder er, emotionaler Ausnahmezustand hin oder her. Dennoch kann ich seine Geschichte ein wenig nachvollziehen, manchmal machen Menschen eben Dinge, die sie besser nicht gemacht hätten. Sie tun und sagen unverzeihlich dumme Sachen, und hinterher ist es zu spät, um sie wieder rückgängig zu machen. Niemand weiß das besser als ich.

Um ihm zu verzeihen, sind meine Wunden noch zu frisch, ist meine Enttäuschung noch zu groß. Aber vielleicht werden wir uns eines Tages doch wieder annähern, denn er ist mein Bruder und trotz allem liegt er mir am Herzen.

Als ich mich nach unserem Telefonat an den Tisch zurücksetze, bin ich innerlich völlig aufgewühlt. Es braucht eine ganze Weile, bis ich mich wieder auf meine Arbeit konzentrieren kann, und als ich gerade wieder damit begonnen habe, bleibt mein Blick an einer Karteikarte hängen, die auf dem Boden der alten Schublade halb unter den anderen verborgen lag und nur zum Vorschein gekommen ist, weil ich so viele der Karten herausgenommen habe. Ich will sie schon wieder wegpacken, weil sie anscheinend, so wie zahlreiche andere Karten ebenfalls, falsch einsortiert worden ist. Der Nachname darauf beginnt mit T und ich bin erst bei D angekommen; doch dann lese ich den Namen.

William Daniel Tucker

Meine Hand verharrt über dem Stapel mit den falsch einsortierten Karten in der Luft und ich beiße mir auf die Unterlippe. Wahrscheinlich sollte ich sie am besten einfach weglegen. Ich sollte sie am Montag in der Praxis unter T einsortieren, Abigail diesen Teil zum Bearbeiten mitgeben und die entsprechenden Daten erst öffnen, wenn William irgendwann mal mein Patient sein sollte und ich sie tatsächlich brauche. Aber ich bin doch zu neugierig, um nicht kurz hineinzusehen.

Anscheinend ist William in den letzten Monaten des Öfteren beim Arzt gewesen und hat wiederholt über Müdigkeit sowie sich hartnäckig haltende Infekte mit Fieber beklagt. Das ist im Sommer leider keine Seltenheit, die meisten kennen das: Einmal krank geworden und dann wird man es so schnell nicht wieder los. Weiterhin scheint er sich über Knochenschmerzen beschwert zu haben, bei grippalen Infekten mit Fieber ja auch keine Seltenheit. Ich lese weiter, aber als noch Schmerzen im Oberbauch sowie ständiges Zahnfleisch- und Nasenbluten dazukommen, wird mir auf einmal ganz anders. Hektisch überfliege ich weiter die aufgelisteten Symptome.

„Beklagt sich über stecknadelgroße blaue Flecken, die grundlos aufzutauchen scheinen …"

Scheiße!

Wenn ich das alles so zusammenfasse, sind das Symptome für eine Leukämie und nicht bloß für eine harmlose Grippe. Mein Magen verkrampft sich, und mein Herz beginnt, unangenehm gegen meinen Brustkorb zu pochen.

William ist krank. Und zwar ernsthaft krank! So krank, dass er daran sterben könnte.

Der Gedanke daran löst einen Schmerz in mir aus, der mich völlig überrumpelt und in eine blinde Panik übergeht.

Bevor ich weiß, was ich hier eigentlich mache, stehe ich mit rasendem Herzen und einer Patientenakte in der Hand vor Williams Tür und klopfe; mehrfach und energisch.

Auch wenn mein Atem in Kombination mit meinem dröhnenden Herzschlag beinahe jedes andere Geräusch zu überlagern scheint, höre ich ziemlich schnell das Geräusch von Schritten hinter der Tür. Als William öffnet, mustert er mich, sein Blick ist kühl und ein wenig erstaunt.

„Chloe … was verschafft mir die Ehre?"

„William, bitte … Kann ich bitte einen Moment hereinkommen?" Noch immer drücke ich die Karte fest an mich und zu meiner Erleichterung geht er einen Schritt zur Seite, um mich in sein Haus zu lassen.

Feeby kommt schwanzwedelnd auf mich zu, um mich zu begrüßen. Ich habe kaum Augen für sie. William bleibt mit verschränkten Armen neben der Tür stehen, er hat mich zwar hereingelassen, aber er scheint nicht gewillt zu sein, mich weiter als bis in den Flur kommen zu lassen.

Dann muss ich eben hier mit ihm reden.

„Ich habe gerade …" Ich muss heftig schlucken, bevor ich weitersprechen kann. „Ich habe gerade Karteikarten bearbeitet. Und dabei ist mir deine in die Hände gefallen." Ich schlucke erneut. Ein Blick in seine Augen, die voller Ungeduld sind, zeigt mir, dass ich schnell sagen muss, was ich zu sagen habe, wenn ich nicht Gefahr laufen will, dass er mich vorher wieder vor die Tür setzt. „Das, was Dr. Cooper als eine harmlose Grippe diagnostiziert hat, ist höchstwahrscheinlich Leukämie. Blutkrebs. Du könntest daran sterben. Du musst unbedingt in ein Krankenhaus fahren und dich gründlich untersuchen lassen, und zwar so schnell wie möglich."

William zieht die Augenbrauen hoch und lässt seine verschränkten Arme sinken. „Ich weiß, was Leukämie ist, Chloe. Aber wie kommst du auf die Idee, dass ich daran erkrankt sein könnte?" Er klingt eher genervt als erstaunt oder gar erschreckt.

Ich halte ihm die Karte hin, die er mir langsam aus der Hand nimmt, um sie anschließend gründlich anzusehen. Die Stille im Haus ist in diesem Moment beinahe ohrenbetäubend, und ich merke, dass ich mich kaum noch traue, zu atmen. Dann macht William etwas, mit dem ich niemals gerechnet hätte. Er lächelt. Ein wenig traurig zwar, doch er lächelt.

„Chloe, das ist die Patientenakte meines Großvaters! Er hatte den gleichen Namen wie ich. Und du hast recht: Er hatte Leukämie. Er ist vor über zehn Jahren daran gestorben. Danach habe ich mich übrigens William statt Daniel genannt, das war sein Rufname und er stand mir sehr nahe …"

+++

Chloes deutlich sichtbare Sorge um ihn hat William viel mehr gerührt, als ihm lieb ist. Eine kleine Stimme in ihm ist dabei in Jubel ausgebrochen.

Siehst du? Du bist ihr doch nicht gleichgültig.

Er unterdrückt sie, so schnell er nur kann. Diese Stimme ist gefährlich, sie bringt ihn dazu, leichtsinnig zu werden.

Die letzten Wochen war es ihm irgendwie erfolgreich gelungen, Chloe so gut es ging aus seinem Leben zu verbannen. Na ja, abgesehen von den Malen, die er hinter dem Fenster gestanden und sie beim Nach-Hause-Kommen beobachtet hat. Oder mit seinem verräterischen Hund frühmorgens beim Laufen. Oder wenn sie auf der Veranda gesessen hat, um ein Buch zu lesen. Oder bei angeschaltetem Licht in ihrer Küche gestanden hat, um sich eine Mahlzeit zuzubereiten. Oder … ach, lassen wir das.

Zumindest haben seine Versuche sie zu ignorieren dazu geführt, dass er sich mehr in seinen Forschungen vertieft hat als jemals zuvor. Und nun kurz vor dem Abschluss steht. Ein stolzes Lächeln breitet sich auf seinem Gesicht aus, wenn er daran denkt und dass er es bald geschafft hat.

Auf gar keinen Fall kann er da Ablenkung gebrauchen und schon gar keine durch Chloe Winterfield, die ihm noch nie gutgetan hat.

Dennoch kann er das Gefühl der Freude darüber, dass er ihr offenkundig nicht völlig gleichgültig ist, nicht unterdrücken.

+++

William starrt mich an und ist mir dabei viel näher, als er sollte. Die Karteikarte hält er noch immer in seinen Händen, aber in seinem Gesicht hat sich irgendetwas verändert. Er sieht aus, als hätte sich etwas gelöst und wäre plötzlich weicher geworden. Gleichzeitig sind seine Augen eine Nuance dunkler geworden.

Langsam, ganz langsam nimmt er eine Hand von der Krankenakte seines Großvaters und nähert sich meinem Gesicht. Ich halte ganz still, wie erstarrt, beobachte, wie sie sich auf mich zubewegt, und bin nur noch dazu fähig, mir nervös über die Lippen zu lecken. Während er mir eine einzelne Haarsträhne aus meinem Gesicht streicht und hinter mein Ohr schiebt, stellen sich die feinen Härchen in meinem Nacken auf.

Seine Hand zieht sich langsam zurück und hinterlässt ein Prickeln an der Stelle, an der er mich berührt hat.

Schließlich legt er den Kopf schief und lächelt versonnen.

„Das Gute ist ja: Von jetzt an bist du für mich erpressbar. Ich bin mir ziemlich sicher, dass es ein Verstoß gegen deine Schweigepflicht war, dass du mir die Karte meines Großvaters gezeigt hast …“

Miese Ratte!

Später liege ich in meinem Bett und schaue aus dem Fenster den Sternenhimmel an. Ich bin so dumm gewesen und ich schäme mich dafür. Ich bin immerhin Ärztin, ich hätte mich nicht von meinen Gefühlen leiten lassen dürfen. William war weder blass noch schien er sonst irgendwie angeschlagen zu sein. Keine Hautblutungen, nicht eine einzige ist mir aufgefallen. Und verdammt noch mal – ich habe ihn sogar nackt gesehen!

Bei diesem Gedanken tauchen beinahe pornografische Bilder in meinem Kopf auf, die ich, so schnell es geht, zu verdrängen versuche.

Ich ärgere mich. Über das Kribbeln, das ich plötzlich und ungebeten zwischen meinen Beinen spüre, über meine blinde Panik, als ich Williams Symptome gelesen habe, die dann doch gar nicht seine waren, über meine Reaktion darauf … und auch über seine. Ich habe mich wie die letzte Idiotin verhalten! Vermutlich soll man deshalb keine Angehörigen behandeln.

Nur dass William gar kein Angehöriger von dir ist, Chloe!

Dass irgendetwas in mir ihn anscheinend dennoch dafür hält, ärgert mich gleich noch viel mehr. Oder vielleicht ist auch die Tatsache, dass er es eben nicht ist, schlimmer. Jedenfalls reicht beides, um dafür Sorge zu tragen, dass ich nicht einschlafen kann.

Nachts habe ich erneut Albträume. Wieder und wieder träume ich davon, wie ich auf dem Sterbebett liege und mein Bruder mit meinem Exverlobten an der Hand daneben steht und sie mich lächelnd beim Sterben beobachten. Den Traum habe ich ständig, seit ich mich von Ian getrennt habe. Diesmal kam allerdings noch eine weitere Komponente hinzu, nämlich William, der am Fußende steht und die Hand nach mir ausstreckt.

„Du kannst das, Chloe. Ich bin mir ganz sicher!" Ich glaube ihm, doch egal wie sehr ich mich auch bemühe, ich kann ihn einfach nicht erreichen.

Der Traum war genauso skurril wie erschreckend. Und auch wenn mir nach dem Aufwachen klar ist, dass beide im realen Leben wohl durchaus um mich trauern würden, lässt sich das beklemmende Gefühl nicht vertreiben.

Dennoch ruft dieser Traum auch eine alte Erinnerung wach, etwas, an das ich lange nicht mehr gedacht habe.

Auf Williams und meinem Schulweg gab es eine Abkürzung durch ein kurzes Waldstück. Einmal ist Benny, der Sohn unserer Nachbarn, vor uns her gefahren, er war vielleicht fünf Jahre jünger als wir. Er muss nicht richtig aufgepasst haben, ist mit dem Vorderrad an einer Baumwurzel hängen geblieben und vom Rad gefallen. Dabei hat er sich den Kopf aufgeschlagen. Als wir zu ihm gelaufen sind, war er kurz bewusstlos und hatte eine ordentliche Platzwunde am Kopf. Ich war völlig panisch, eigentlich peinlich, wenn man sich überlegt, dass ich heute Ärztin bin. William hingegen war die Ruhe selbst.

„Bleib bei ihm, wenn er zu sich kommt, dann sieht er ein bekanntes Gesicht. Ich hole Hilfe." William muss erkannt haben, dass mir die Situation Angst eingejagt hat. Denn bevor er sich auf sein Fahrrad geschwungen hat, um Hilfe zu holen, hat er mich angelächelt. „Du kannst das, Chloe. Ich bin mir ganz sicher."

Das mag simpel klingen, aber Fakt ist, dass mir vorher noch nie jemand etwas zugetraut hat, das über gute Noten und sportliche Leistungen beim Volleyball hinausgegangen ist. Dass ich eine gute Schülerin bin, hat meine Familie stets als selbstverständlich vorausgesetzt. Ansonsten war ich nur das hübsche kleine Ding, von dem man nicht viel erwartet und dem man nicht viel zutraut.

William hat mir in diesem Moment, ohne es zu wissen, ein großes Geschenk gemacht. Er hat mir gezeigt, dass ich mehr bin als ein hübsches Mädchen. Er hat mich für kompetent gehalten. Das hat mich damals mit Stolz und auch mit so etwas wie Geborgenheit erfüllt. Es hat mir Selbstbewusstsein gegeben sowie das Gefühl, etwas zu können und angenommen zu werden. Das Gefühl, als würde er *mich selbst* sehen und nicht nur die oberflächliche Schale von mir, die alle anderen wahrnehmen. Er hat mich ernst genommen.

Von diesem Gefühl habe ich jahrelang gezehrt, und wenn ich jetzt darüber nachdenke, dann hat es mir nie wieder jemand gegeben. Wahrscheinlich habe ich all die Jahre immer danach gesucht. In meinen Beziehungen, in meinem Job … gefunden habe ich es jedoch nie. Egal, wie sehr ich danach gesucht habe.

Bei keinem der Männer, mit denen ich danach eine Beziehung hatte, habe ich mich je wieder so sehr ernst genommen und angenommen gefühlt, wie ich es als vierzehnjähriges Mädchen bei William getan habe.

Wenn ich darüber nachdenke, bin ich mir nicht sicher, ob es wirklich daran liegt, dass die anderen alle Idioten waren. Na ja, bis auf Ian – der ist definitiv ein Idiot. Aber ich glaube, sie haben auch wenig Chancen gehabt, weil ich im Grunde meines Herzens nie ganz damit aufgehört habe, William Daniel Tucker zu lieben.

Das ist mir bis heute nie so richtig bewusst gewesen. Wenn ich jetzt darüber nachdenke, ist es völlig klar. In meinen Gedanken, in meinem Herzen ist William all die Jahre bei mir gewesen. Jedes Mal, wenn ich im Studium das

Gefühl hatte, nicht weiterzukommen und zu scheitern, hat mich das Gefühl von damals dazu gebracht, doch weiterzumachen.

Ich ziehe meine Laufsachen an, noch ist der Morgen angenehm kühl. Als ich meine Schuhe zubinde, merke ich, dass meine Hände zittern, und als ich meine Kopfhörer in meine Ohren stöpsle, muss ich ein paar Tränen wegblinzeln.

Draußen wartet wie jeden Tag Feeby auf mich, und ihr Schwanz klopft freudig auf das Holz der Terrasse, als sie mich sieht.

„Hey, mein Mädchen! Wollen wir laufen gehen?“ Während ich mich nach ihr bücke, um ihr den Kopf zu streicheln, steht sie auf und stupst mich erwartungsvoll an. „Ich schätze, das heißt ja.“ Trotz meiner schlechten Stimmung zaubert sie mir zumindest ein kleines Lächeln auf mein Gesicht.

Feeby scheint meine Traurigkeit zu spüren. Während sie sonst vorläuft oder mal stehen bleibt und schnüffelt oder einem aufgeschreckten Kaninchen nachjagt, bevor sie wieder zu mir kommt, weicht sie heute kaum von meiner Seite.

Die ganzen letzten Wochen hat mich der Gedanke an Ian beinahe aufgefressen, das Gefühl gedemütigt und betrogen worden zu sein. Doch heute stelle ich fest, dass die Angst, dass William unerreichbar für mich ist, viel schwerer wiegt.

Es hilft alles nichts. Weder die körperliche Anstrengung noch die frische Luft oder die Schönheit des kleinen Waldstücks können mich heute auf weniger trübe Gedanken bringen. Schließlich bin ich zwar erschöpft, jedoch immer noch genauso verzweifelt wie vorher.

Als wir zurück sind, bleibt Feeby vor meiner Tür stehen und winselt.

„Ich kann dich nicht mit reinnehmen, Süße. Dann schimpft William mit mir. Du bist doch schließlich sein

Hund!“ Feeby schaut mich nur groß an, bevor sie es sich auf meiner Veranda bequem macht. „Geh nach Hause, du dummer Hund!“, starte ich einen letzten Versuch, aber sie ignoriert mich einfach, macht die Augen zu und stellt sich schlafend. Ein wenig beneide ich sie um ihre Sturheit und darum, dass sie sich anscheinend nicht wirklich darum schert, was andere von ihr denken.

Mir gelingt das jedenfalls weniger gut.

Genau genommen sogar gar nicht.

Eben dieser Umstand holt mich eiskalt ein, als ich aus der Dusche komme. Ich mache nämlich einen fatalen Fehler – ich gehe ans Telefon.

„Chloe!“ Die Stimme meiner Mutter klingt vorwurfsvoll, und ich würde am liebsten sofort wieder auflegen, kaum dass ich den Anruf entgegengenommen habe. Danach folgt ein schweres Seufzen, gefolgt von noch schwererem Atmen, beinahe so, als hätte man einen Triebtäter am Telefon.

„Mom, was ist denn los?“ Ich ahne schon, dass ich diese Frage bereuen werde, aber ich kann mich dennoch nicht davon abhalten, sie zu stellen.

„Ich war heute beim Friseur.“ Ich weiß genau, was jetzt kommt. Ich sollte wirklich auflegen. Doch ich umklammere weiter den verdammten Hörer und warte ab wie ein Lamm auf der Schlachtbank. Meine Mutter merkt davon offenbar nichts und macht erbarmungslos weiter. „Alle haben mich auf die geplatzte Hochzeit angesprochen. Hast du eigentlich auch nur mal eine Sekunde darüber nachgedacht, wie ich mich fühle, wenn du sie einfach absagst? Alle hatten sich schon so darauf gefreut …“

Ich atme tief ein und massiere mit Daumen und Zeigefinger meiner freien Hand meine Nase gleich unter den Augen, weil ich urplötzlich Kopfschmerzen bekomme. Auch wenn mir klar ist, dass ich die für mich einzig logische Konsequenz gezogen habe, als ich die Hochzeit absagte, verletzen mich ihre Vorwürfe. Seit sie davon erfahren hat, hat sie nicht ein Mal Verständnis für mich aufbringen können.

„Mom ... ich habe die Hochzeit abgesagt, weil ich meinen Verlobten mit einem anderen Mann im Bett erwischt habe. Und zwar mit meinem Bruder!“ Meine Wörter sind besonders langsam und betont, als wäre sie schwerhörig, und manchmal kommt es mir tatsächlich so vor, als ob sie genau das wäre. Seufzend betrachte ich das Wasser in meinem neuen Wasserkocher, das ich vorhin aufgesetzt habe und das gerade zu kochen beginnt. Vielleicht beruhigt ja ein Tee meine aufgewühlten Nerven.

„Das ist doch kein Grund, eine Hochzeit abzusagen! Alle Männer gehen schließlich irgendwann fremd. Aber statt das zu akzeptieren, bringst du Schande über die ganze Familie, weil du so egoistisch bist. Du kündigst deinen hervorragenden Job, den du einzig Ian zu verdanken hast, und verschwindest einfach. Ich wusste wochenlang nicht, wo du bist. Ich muss ja beinahe froh darüber sein, dass du dich überhaupt noch gemeldet hast, um mir zu sagen, wo du steckst. Immer denkst du nur an dich! Und machst mit deinem Leben nur, was du für richtig hältst. Und das ist immer das Falsche.“ Schweigend nehme ich eine Teekanne aus dem Schrank und zähle die richtige Anzahl von Löffeln mit Darjeeling ab. Was soll ich dazu denn auch noch sagen? Das kann doch wohl nicht ihr Ernst sein. Draußen beginnt Feeby zu bellen, und weil ich kurz einen Schreck bekomme, fällt mir das Telefon ins Waschbecken.

„Du bist die schlechteste, selbstsüchtigste Tochter der Welt!“, dröhnt es aus dem Hörer. In meinen Augen sammeln sich Tränen. Ohne darüber nachzudenken, nehme ich den Wasserkocher und lasse das heiße Wasser statt in die Teekanne über das Telefon laufen. Danach herrscht Ruhe. Einen Moment lang spüre ich nichts als Befriedigung darüber, dass ich das Telefon zerstört und meine Mutter somit zum Schweigen gebracht habe. Leider währt der Moment nicht sehr lange, denn beinahe umgehend regt sich das schlechte Gewissen in mir. Weil ich mein schönes neues Telefon zerstört habe. Und weil meine Mutter sich meinetwegen aufgeregt hat und Ärger hatte.

Sie hat dir gerade geraten, bei deinem schwulen, dich betrügenden Exverlobten zu bleiben, nur damit sie nicht sagen muss, warum die Hochzeit nicht stattgefunden hat. SIE sollte das schlechte Gewissen haben.

Kopfschüttelnd stehe ich am Waschbecken und schließe einen Moment lang die Augen, während ich meine Finger über die Unebenheiten der alten Terrazzo-Arbeitsplatte streichen lasse. Dann atme ich ein paar Mal tief ein und aus, bevor ich neues Wasser aufsetze. Ich muss wirklich dringend etwas gegen den stechenden Schmerz hinter meiner Stirn machen.

„Hi, Chloe!" Es klopft an der Tür, und bevor ich noch etwas sagen kann, höre ich bereits das leise Knarren der Haustür. Janes fröhliche Stimme verstärkt meine Kopfschmerzen noch. So gern ich sie auch mag, ich wäre gerade wirklich lieber allein. Völlig erledigt lasse ich mich auf einen der neu lackierten Küchenstühle sinken und lege meinen Kopf auf der glattpolierten Tischplatte ab. Vielleicht geht sie ja einfach wieder, wenn ich mich tot stelle.

Aber ich hoffe vergebens, Jane scheint keine Gnade zu kennen. Beinahe im selben Moment steht sie schon in meiner Küche.

Ich sollte mir dringend angewöhnen, die Tür abzuschließen. Vor allem, wenn ich je Sex in meinem Haus haben will.

Als ob ich überhaupt je wieder Sex haben werde!

„Huhu, Chloe!" Als sie mich sieht, wechselt Janes Gesichtsausdruck von fröhlich auf besorgt. „Was ist los mit dir, Liebes?" Sie setzt sich mir gegenüber hin und ordnet dann zuerst ihr Kleid mit den lila Rosen und anschließend ihre künstlich aussehenden blonden Haare. Fürsorglich schiebt sie mir danach das Körbchen mit den Muffins hin, das sie mitgebracht hat, und steht gleich wieder auf, um das kochende Wasser in die Kanne zu gießen.

Ich betrachte ihren runden Po, der sich selbst unter dem weiten geblümten Kleid noch deutlich abmalt, und kann den Moment, in dem sie mein Telefon in der Spüle bemerkt, genau erkennen. Für eine Sekunde scheint sie zu erstarren, dann dreht sie sich mit gerunzelter Stirn zu mir herum.

Sie stellt die Kanne mit dem Tee auf den Tisch und sucht zwei meiner neuen Tassen mit den Marienkäfern darauf aus einem meiner Schränke und stellt sie dazu. Anschließend setzt sie sich mir gegenüber an den Tisch.

„Es gibt Tee und Muffins mit weißer Schokolade und Himbeeren. Kaum etwas auf der Welt kann so schlimm sein, dass es dadurch nicht gleich ein bisschen besser wird. Und jetzt erzähl mir, was passiert ist, dass du dein funkelnagelneues Telefon zerstört hast. Nach einem Unfall sieht das nämlich eher nicht aus."

Ihre Stimme macht deutlich, dass sie keinen Widerspruch duldet und vermutlich nicht eher verschwinden wird, bis ich ihr das gesagt habe, was sie für die Wahrheit, nichts als die Wahrheit und vor allem die ganze Wahrheit hält.

Bevor ich dazu ansetze, ihr etwas zu erzählen, hole ich tief Luft, aber Jane lässt mich gar nicht erst zu Wort kommen.

„Erst Tee und Muffin", ermahnt sie mich streng. „Du siehst aus, als würdest du ein paar Kalorien gebrauchen können."

Sie hat tatsächlich Recht. Einen Muffin und eine halbe Tasse Tee später fühle ich mich wirklich schon ein bisschen besser. Wenn ich allerdings gedacht habe, um ein Gespräch herumzukommen, habe ich mich getäuscht.

„Und jetzt erzählst du mir, was das arme Telefon dir getan hat, dass es verdient hat, gekocht zu werden." Jane beugt sich vor und fegt ein paar Krümel vom Tisch, bevor sie uns Tee nachschenkt, als wäre sie bei mir so gut wie zu Hause, was seltsamerweise eine tröstliche Wirkung auf mich hat. „War es William, der dich so verärgert hat?"

Ich lächle ein wenig schief und betrachte meine Fingernägel, die dringend mal wieder eine Maniküre nötig hätten.

„Es ist wohl eher umgekehrt. Ich habe William verärgert."

„Dann war er hier, um dein Telefon zu überbrühen, damit du ihn nicht per Fernsprecher belästigen kannst?" Janes Augen wirken freundlich, amüsiert und eine Spur besorgt.

„Nein, natürlich nicht." Ich knibble an einem eingerissenen Nagel herum. „Ich habe mich über meine Mutter geärgert."

„Oh", ist alles, was Jane erwidert, und ich sehe es als Aufforderung, weiterzuerzählen.

„Sie hat gesagt, ich sei eine schlechte Tochter. Egoistisch und selbstbezogen." Mein malträtierter Fingernagel reißt blutig ein, und ich verziehe das Gesicht, bevor ich meine schmerzende linke Hand in meiner rechten verberge. „Sie hat sich beschwert, weil ich die Hochzeit mit meinem Exverlobten habe platzen lassen ..." Es kostet mich einige Überwindung, weiterzuerzählen, aber vielleicht ist es mal gut, mit jemandem darüber zu sprechen. „Er hat mich betrogen und ich habe ihn in flagranti erwischt. Mit meinem Bruder."

Jane reißt die Augen auf und zieht die Luft scharf ein.

„Und da macht deine Mutter *dir* Vorwürfe?“ Sie sieht ernsthaft entsetzt aus.

Erschöpft zucke ich mit den Schultern. „Sie hatte sich wohl sehr auf die Hochzeit gefreut …“

Ohne ein weiteres Wort zu verlieren, steht Jane auf. Sie nimmt das Telefon aus meiner Spüle und drückt auf eine der Tasten, woraufhin es ein schiefes Piepen von sich gibt, das sofort wieder verstummt. Entschlossen wirft sie das Gerät auf den Boden und tritt zweimal kräftig darauf, bevor es in mehrere Einzelteile zerbricht. Kurz betrachtet sie die Telefontrümmer und wirft sie schließlich in den Mülleimer.

„Jetzt geht es mir viel besser“, sagt sie lächelnd, als sie sich erneut zu mir an den Tisch setzt und eine gelöste gelbblonde Strähne ihres Haars zurück in ihre Frisur schiebt.

Und mir geht es auch gleich viel besser.

Kapitel 16

Eine ganze Weile plaudern Jane und ich noch über alles Mögliche. Sie erzählt mir den neuesten Klatsch und Tratsch aus der kleinen Gemeinde und vom unmöglichen Kater der Nachbarn, der ständig den weiblichen Katzen nachstellt, weil sein Besitzer sich weigert, ihn kastrieren zu lassen.

„Ich glaube ja, das macht Fred nur, weil er selbst keinen mehr hochbekommt." Jane sagt das mit so inbrünstiger Überzeugung, dass ich lachen muss.

„Das weißt du wohl ziemlich genau?" Erstaunt richte ich mich auf, doch Jane zuckt unbeeindruckt mit den Schultern, bevor sie mich mit einem schelmischen Funkeln in den Augen ansieht.

„Vor fünfunddreißig Jahren hatte er zumindest ziemliche Schwierigkeiten damit. Was sehr bedauerlich war, da er damals wirklich attraktiv war. Und im Alter werden die Männer bekanntlich nicht gerade potenter." Als sie meinen überraschten Blick bemerkt, hebt sie grinsend die linke Augenbraue. „Ihr jungen Dinger glaubt immer, wir wären niemals jung gewesen. Aber du kannst mir ruhig glauben, dass auch ich ein Leben vor der Ehe hatte. Und was den Sex betrifft ... war es auch nicht unbedingt das Schlechteste." Etwas nachdenklicher setzt sie dann hinzu: „Mal abgesehen von dem mit Fred Miller natürlich." Kurz rührt sie ein wenig Zucker in ihre Tasse, bevor sie mich wieder ansieht. „Apropos, was läuft da eigentlich zwischen William und dir?" Um ein Haar verschlucke ich mich an dem Tee, den ich gerade trinke.

„Nichts mehr“, antworte ich nach kurzem Zögern wahrheitsgemäß. Ich fühle mich heute nicht in der Lage, irgendetwas vor Jane zu verheimlichen.

„Warum nicht? Ich hoffe doch, dass er nicht auch Potenzstörungen hat?“, fragt sie leichthin, als wäre das der einzige Grund auf der Welt, aus dem zwei Menschen keinen Sex miteinander haben.

Ich muss mich mehrfach räuspern, bevor ich ihr antworten kann.

„Er kann mich nicht leiden und außerdem … ich will mich im Moment nicht auf mehr einlassen.“ Ich greife nach dem letzten Muffin, weil ich eine Beschäftigung für meine Hände brauche. Und weil die Dinger einfach sündhaft lecker sind.

Jane reagiert auf meine Antwort mit einem tiefen Seufzen.

„Du hast Angst davor, erneut verletzt zu werden?“ In ihrer Stimme klingen Verständnis sowie Anteilnahme mit und ich nicke. Jane schaut mich eine Weile nachdenklich an. „Das Problem ist nur, dass man sich dieser Gefahr immer stellen muss. Jedes Mal, wenn wir unser Herz verschenken, laufen wir Gefahr, dass wir es nicht unversehrt zurückbekommen. Aber nur, wenn man es verschenkt, merkt man, dass man überhaupt eins hat. Und auch wenn es manchmal weh tut … genau dafür haben wir doch letztendlich ein Herz, oder? Jede Narbe macht uns ein bisschen menschlicher. Und nur so hat man die Chance, jemanden zu finden, für den genau unser Herz, mit all seinen Narben, Kerben und Verletzungen, das Schönste ist, das es auf der Welt gibt. Für den du das Schönste bist, das es auf der Welt gibt, Chloe.“

Draußen hat ein Vogel begonnen zu singen, während Jane mich erwartungsvoll anschaut.

„Und du meinst, dieser jemand könnte William sein?“

Ein stilles Lächeln erscheint auf Janes Gesicht.

„Ich weiß es nicht, Chloe. Aber ich weiß, dass William immer ein guter Junge war, der zu einem tollen Mann geworden ist. Ich weiß, dass er dich mehr als mag. Und ich weiß auch, dass man so etwas nur herausfinden kann, indem man es probiert. Was hast du schon zu verlieren? Viel schlimmer kann es schließlich kaum werden, oder?“ Sie gibt mir einen kurzen, zärtlichen Klaps auf die Hand, schiebt ihren Stuhl zurück und steht auf. „Denk darüber nach, Chloe. Es gibt Chancen, die bereut man ein Leben lang, nicht ergriffen zu haben.“ Jane nimmt das nun leere Muffinkörbchen vom Tisch und ich stehe ebenfalls auf. Mein Stuhl macht dabei ein schabendes Geräusch. Sie kommt zu mir und drückt mich fest an sich, bevor sie geht und mich mit meinen Gedanken, Grübeleien und Zweifeln wieder alleine lässt.

Kapitel 17

Am Montagmorgen schließe ich die Praxis auf und reibe mir verwundert die Augen. Einen Moment lang habe ich das Gefühl, mich in den Räumlichkeiten geirrt zu haben, denn sie ist kaum wiederzuerkennen.

Die Jungs haben ein echtes Wunder vollbracht, und ich frage mich, wie sie das in der Kürze der Zeit geschafft haben.

Die Wände sind weiß und gelb gestreift, der hässliche mintgrüne Fußboden ist verschwunden und durch freundlichen sonnengelben ersetzt worden.

Alle Möbel sind weiß lackiert und an den Wänden hängen wirklich wunderschöne schwarz-weiße Fotografien der Landschaft Nebraskas. Alex hat sie selbst gemacht und mir letzte Woche kurz Bilder davon auf seiner Kamera gezeigt. Damit, dass sie so toll aussehen werden, hätte ich jedoch nicht gerechnet.

Lächelnd nehme ich die völlig neue Atmosphäre auf, die durch die leichte Ausdunstung von frischem Lack und frischer Farbe unterstützt wird. Auch wenn der Geruch nach Desinfektionsmittel sich früher oder später zwangsläufig erneut einstellen wird, so riecht es zumindest nicht mehr nach Formaldehyd.

Auch die restlichen Räume wirken viel heller und freundlicher, und ich bin wirklich erstaunt, was für einen Effekt ein bisschen Farbe haben kann.

„Gefällt es Ihnen, Doc?“ Abigail strahlt so stolz, als hätte sie das alles alleine gemacht, als sie später die Praxis betritt.

„Die Jungs haben sich noch ein bisschen Hilfe für die Möbel geholt. Alex sagt, Sie sollen sich keine Gedanken machen, der Schrumpfkopf würde die Kosten locker decken, er hätte sogar schon einen Käufer dafür." Ehrlich gesagt fällt mir ein Stein vom Herzen, ich hätte sonst bestimmt ziemliche Probleme bekommen, das alles zu finanzieren.

„Es sieht einfach toll aus!" Ich kann nicht widerstehen und umarme sie kurz, was sie gleich noch mehr zum Strahlen bringt. „Ich danke Ihnen vielmals für Ihre Hilfe, Abigail. Das hätte ich sonst niemals hinbekommen."

„Ach, das ist doch selbstverständlich ...", erwidert sie ein bisschen verlegen, doch an ihrem Lächeln kann ich erkennen, dass sie sich durchaus darüber freut. Ich hätte damit gerechnet, dass ich mich viel besser fühlen würde, wenn hier erst einmal alles hübsch ist. Stattdessen wandern meine Gedanken immer wieder zu William. Wie vermutlich schon unzählbare Menschen vor mir, würde ich mir wünschen, ich könne die Zeit ein bisschen zurückdrehen. Nur ein kleines bisschen. Ein paar Dinge zurücknehmen, die ich in meinem Ärger gesagt habe. Aber das kann ich nicht. Ich kann bloß weiter im Hier und Jetzt leben und das Beste hoffen.

Trotz all meiner Sorgen verläuft die Woche ohne größere Zwischenfälle, bis am Freitag ein Kaffee von Abigail, dicht gefolgt von Mrs. Chesterfield, in meinem Behandlungsraum landet. Heute bin ich besser vorbereitet und wappne mich innerlich gegen alles Mögliche und Unmögliche.

Mrs. Chesterfield trägt heute ein neonpinkes Polyestershirt mit einem Tiger aus Pailletten darauf, das sich unangenehm mit der Farbe ihres Haars beißt.

„Was kann ich für Sie tun, Mrs. Chesterfield?" Ich rolle mit meinem Stuhl bis ganz an den Schreibtisch heran und beuge mich ein Stück zu ihr vor.

„Ihr jungen Dinger habt alle keinen Anstand mehr.“ Sie lässt ihren Stock ein Stück über dem Boden schweben, was den Anschein erweckt, als würde sie ihn jeden Moment in die Luft reißen, um ihren Anschuldigungen noch mehr Nachdruck zu verleihen. Ich greife nach einem Kugelschreiber und drücke auf dessen Ende, um die Mine zum Vorschein zu bringen, als wollte ich mir Notizen machen.

„Wie kommen Sie zu so einem Eindruck?“ Diese Frage stelle ich zum Teil aus Neugierde und zum Teil aus Höflichkeit. Immerhin bin ich ihre Ärztin.

„Niemand, der auch nur einen Funken Anstand im Leib hat, würde ernsthaft auf den Gedanken kommen, dass eine Lady in einen Drugstore gehen würde, um so etwas wie Gleitcreme zu erwerben. Was sollen denn die Leute von mir denken?“ Wütend und mit Nachdruck knallt sie mir das Rezept auf den Schreibtisch, das ich ihr bei ihrem letzten Besuch ausgestellt habe, und ich nehme es seufzend an mich. Während sie mich mit finsterem Blick mustert, muss ich mir ein Schmunzeln mühsam verkneifen.

„Mrs. Chesterfield … haben Mr. Chesterfield und Sie es vielleicht einfach mal mit ein bisschen Spucke versucht? Die gibt es gratis und Sie müssen sich in keinem Drugstore dafür blamieren.“ Entgeistert sieht sie mich an, und diesmal ist es an ihr, rot zu werden. „Ich habe mir sagen lassen, dass das Wunder bewirkt. Wenn Sie kein Gleitgel kaufen wollen, kann ich Ihnen aus ärztlicher Sicht nichts Besseres raten. Früher hat man natürlich auch zu Melkfett oder Vaseline gegriffen …“ Ich beuge mich noch ein Stück weiter zu ihr vor. „… aus ärztlicher Sicht kann ich Ihnen jedoch keine rückfettenden Gleithilfen für den Vaginalbereich empfehlen. Sie können zu diversen Infektionen führen.“

Zufrieden mit mir selbst lehne ich mich in meinem Stuhl zurück. Die alte Frau ist rot geworden! Natürlich muss ich zugeben, dass es keine wirkliche Heldentat ist, alte Damen zum Erröten zu bringen. Ich fühle mich trotzdem, als hätte ich einen Kampf gewonnen, wenn nicht sogar eine ganze Schlacht. Natürlich sollte man nett zu seinen Patienten sein. Aber manchmal muss man auch einfach mal zeigen, wer hier das Sagen hat. So.

+++

Wie immer, wenn Chloe nach Hause kommt, beobachtet William sie von seinem Schreibtisch aus. Sie sieht blass und müde aus. Sie wirkt, als wäre sie traurig.

Feeby winselt vor der Tür, als sie sie bemerkt, und wie so oft in den letzten Tagen lässt William sie raus.

„Lauf zu ihr und tröste sie ein bisschen."

Neidisch blickt er seinem Hund hinterher. Gerne würde er in diesem Moment zu Chloe gehen und sie selbst ein bisschen trösten. Es fällt ihm nicht einmal ein Grund ein, warum er genau das eigentlich nicht tun sollte.

Keiner, außer seinem Stolz und der Sorge vor verletzten Gefühlen.

Doch ob es wirklich noch so viel schlimmer als jetzt werden könnte?

+++

Eigentlich ist es mir ja ein bisschen peinlich, dass ich an einem Freitag nach Feierabend keine anderen Pläne habe, als einen Berg von Akten zu bearbeiten. Das und natürlich der bevorstehende Besuch zum Abendessen mit Scott und Jane. Andererseits ist netter Besuch netter Besuch, auch wenn er nicht ganz in meiner Altersklasse ist. Und auch die Digitalisierung der Akten ist deutlich besser, als mich das gesamte Wochenende mit Fernsehen zu beschäftigen. Also koche ich mir eine Kanne Tee und mache mich an die Arbeit.

Ein paar Stunden habe ich noch, bis mein Besuch hier eintrudeln wird.

Draußen hat es zu regnen begonnen, das leise Rauschen bildet ein beruhigendes Hintergrundgeräusch, und ich arbeite vertieft und konzentriert, bis ich höre, wie Feeby anschlägt, die anscheinend mal wieder vor meinem Haus herumlungert.

Da ich ohnehin etwas zu trinken brauche, stehe ich auf, um aus dem Küchenfenster zu schauen, weshalb sie sich so aufregt. Und was ich da sehe, lässt mich einen Moment lang an meinem Verstand zweifeln. Vor meiner Veranda steht meine Mutter in Begleitung meines Exverlobten, und sie traut sich nicht weiterzugehen, weil Feeby sie mit gefletschten Zähnen anknurrt.

Statt nach dem Wasser greife ich zum Tequila, der auf der Arbeitsplatte meiner Küche gleich daneben steht, und trinke einen großen Schluck davon direkt aus der Flasche. Dann noch einen. Und erst als die alkoholische Flüssigkeit warm und leicht brennend meine Kehle hinabrinnt, begreife ich, dass ich nicht träume, sondern dass dort draußen tatsächlich Mom und Ian stehen.

Zum zweiten Mal verfluche ich, dass ich ihr meine Kontaktdaten gegeben habe.

Erstaunen macht sich in mir breit und gleichzeitig ein ungutes Ziehen in meiner Magengegend. Ich will sie hier nicht haben. Ich bin nicht so weit weggezogen, ich bin nicht geflohen, damit sie hier plötzlich auftauchen. Meine Handflächen beginnen zu schwitzen und mein Herzschlag beschleunigt sich unangenehm.

Während ich mir noch einen dritten Schluck Tequila leiste, beobachte ich mit einiger Genugtuung, dass die beiden immer noch nicht an Feeby vorbeigekommen sind. Meine Mutter redet auf den knurrenden Hund ein, während Ian aussieht, als wolle er sich hinter ihr verstecken. Er war noch nie ein großer Held, mir ist das früher nur nie wirklich aufgefallen. Wie immer ist er perfekt gestylt. Nach wie vor muss ich ihm zugestehen, dass er ein gut aussehender Mann ist. Trotz der Hitze sitzen Hose und Jackett perfekt, ebenso wie sein blondes Haar, und ich frage mich, ob er niemals ins Schwitzen gerät.

Ich überlege, ob ich den beiden wohl entgehen kann, wenn ich mich jetzt einfach unauffällig zurückziehe. Leider entdeckt mich meine Mutter in genau diesem Moment hinter dem Fenster und winkt mir so gut gelaunt zu, als wären sie von mir zu einem Plausch auf Kaffee und Kuchen eingeladen worden.

„Chloe, Liebes!“, flötet sie. „Würdest du uns bitte hereinlassen?“ Sie trägt eine Bundfaltenhose mit einer entsetzlich spießigen, ärmellosen Bluse sowie einen übertrieben großen Strohhut dazu, ihre Lippen sind erwartungsvoll gespitzt.

Ich bin mir nicht ganz sicher, ob in meiner Erziehung zu viel Wert auf sinnlose Höflichkeit gelegt wurde, ob ich zu neugierig bin, was sie hier wollen oder einer Bitte meiner Mutter einfach nicht widerstehen kann. Einen kurzen Moment später habe ich bereits die Türklinke in der Hand und pfeife die aufgeregte Feeby zurück, die sich daraufhin winselnd in eine Ecke setzt und zu hecheln beginnt.

„Chloe!“ Meine Mutter kommt auf mich zu und drückt mir ein kleines Küsschen auf jede Wange, wobei mich die Wolke des Parfüms, das sie stets umgibt, einhüllt. „Wir hatten einen schrecklichen Flug. Und dann dieser furchtbare Mietwagen …“ Der Vorwurf in ihrer Stimme ist nicht zu überhören, dabei habe ich sie nicht eingeladen, hierherzukommen. Ungebeten drängt sie sich an mir vorbei und betritt mein Haus, dicht gefolgt von Ian.

Ich betrachte aus sicherem Abstand seine so vertrauten Gesichtszüge, und all die Gefühle, die ich die letzten

Wochen, so gut es ging, zurückgehalten habe, beginnen nun erneut dicht unter der Oberfläche zu brodeln. Ich spüre die Enttäuschung, die Wut, die Verletzung und die Panik und versuche sie, so gut wie nur möglich, unter Verschluss zu halten. Ich will keine Schwächen zeigen, nicht vor meiner Mutter, nicht vor Ian und schon gar nicht vor beiden zusammen.

Trotzdem will ich auf gar keinen Fall mit Ian unter demselben Dach sein. Wie angewurzelt bleibe ich also draußen stehen.

Ich muss mich mehrmals räuspern, bevor ich meine Stimme wiederfinde.

„Würdet ihr so nett sein und mir verraten, was ihr hier macht?"

Meine Mutter runzelt ihre Stirn, so wie sie es schon getan hat, als ich noch ein Kind war und sie meine Fragen als unangebracht empfunden hat.

„Was glaubst du denn wohl? Ian und ich sind hergekommen, um dich endlich zur Vernunft zu bringen! Komm nach Hause und heirate, so wie du es vorgesehen hattest. Schau dir bloß an, wie der arme Junge deinetwegen leiden muss."

Sie zerrt Ian hinter sich hervor, der ein bisschen eingeschüchtert wirkt, doch sonst wohlauf. Er hat nicht einmal Ringe unter den Augen. Ich möchte wetten, das Einzige, was ihm schlaflose Nächte bereitet, ist die Sorge, dass ich seinem erzkatholischen Vater den wahren Grund für unsere Trennung erzählen könnte und dieser ihn dann umgehend enterbt.

„Chloe, bitte …" Ian schaut mich mit diesem Dackelblick an, der mich die letzten Jahre immer hat schwach werden lassen. „Sei doch nicht so entsetzlich nachtragend. Es ist doch eigentlich gar nichts passiert." Er hat die Frechheit, mir dabei in die Augen zu sehen, allerdings erst, nachdem er sich mit einem Blick bei meiner Mutter versichert hat, dass er auch das Richtige gesagt hat.

Ich höre mich selbst nach Luft schnappen.

„Wie bitte? Es ist gar nichts passiert? Ich habe dich erwischt, als du meinen Bruder gefickt hast! In *unserem* Bett! Und dabei gestöhnt hast wie ein brunftiger Elch!"

„Chloe, Liebes, das ist doch kein Drama. Männer betrügen ihre Frauen nun mal ... wenn ich deinen Vater jedes Mal verlassen hätte ..." Missbilligend verzieht sie ihren zu stark geschminkten Mund zu einem verkniffenen, abfälligen Etwas. „Ian ist so ein toller Mann. Er ist perfekt für dich! Und selbst jetzt ist er noch hergekommen, um dir deine Kindereien zu verzeihen und dich zurückzunehmen."

„Ich will ihn aber nicht mehr." Ich würde die beiden gerne anschreien, sie an den Haaren von meinem Grundstück schleifen oder zumindest Feeby auf sie hetzen, aber auf einmal fehlt mir die Kraft.

Feeby beginnt erneut leise zu winseln, als könne sie meine Gedanken lesen und es eigentlich kaum erwarten, und ihr Schwanz klopft voller Vorfreude auf die Holzdielen.

„Chloe, sei nicht so ein Kindskopf! Kannst du mir nur einen vernünftigen Grund dafür nennen, dass Ian und du nicht noch heiraten solltet?"

Feebys Winseln nimmt zu und ich schließe kurz die Augen. Ich kann es kaum fassen. Ich habe noch nie ein gutes Verhältnis zu meiner Mutter gehabt, mein Leben lang versucht, es ihr recht zu machen, ohne dass ich ihren verqueren Ansprüchen je genügen konnte. Aber jetzt reicht's mir. Ich mag nicht mehr.

„Würdet ihr jetzt bitte gehen?" Ich klinge mit einem Mal furchtbar müde.

„Wir sind doch gerade erst angekommen, Babygirl!" Ian kommt einen Schritt auf mich zu und streckt seine perfekt manikürte Hand nach mir aus. Ich weiche zurück. Ich will nicht, dass er mich berührt, nie mehr wieder.

„Nenn mich nicht so. Ich bin eine erwachsene Frau, hörst du? Und ich habe das Recht, mein Leben so zu gestalten, wie ich es will. Und nicht, wie meiner Mutter oder dir es am besten gefällt. Ich habe euch hierher nicht eingeladen. Mom nicht und dich schon gar nicht, Ian. Und ich möchte euch bitten, jetzt zu gehen." Meine Unterlippe fängt an zu zittern. Das ist mir alles zu viel. Meine Mutter sieht mich völlig verständnislos an, und ich frage mich ernsthaft, wie man bloß so illoyal gegenüber seiner eigenen Tochter sein kann.

Als ich eine warme große Hand auf meiner Schulter spüre und Feebys Winseln sich zu einem freudigen Kläffen verstärkt, öffne ich meine Augen langsam wieder.

„Der Grund dafür bin ich, Ma'am. Nicht wahr, mein Schatz?" Die Stimme ist tief und vertraut und jagt mir einen angenehmen Schauer den Rücken herunter. Ich schaue hoch und blicke direkt in ein Paar gewittergrauer Augen, die mich unerwartet freundlich anlächeln.

„William ..." Ich kann mein Erstaunen über sein Auftreten nur schlecht verbergen, als er sich zu mir beugt, um mich zu küssen. Während er mir die Arme um die Taille schlingt und mich dabei hochhebt, als wären wir verliebte Teenager, gebe ich einen fassungslosen Laut von mir.

Meine Mutter schnaubt verächtlich und ihr alberner Strohhut beginnt zu wackeln.

„Ich glaube kaum, dass Sie der Richtige für meine Tochter sind. Man sieht doch gleich, dass Sie nichts als ein primitiver Hinterwäldler sind. Sonst würden Sie ganz anders auftreten."

William lächelt völlig gelassen.

„Wissen Sie eigentlich, dass Hinterwäldler wie ich in der Regel jede Menge Waffen in ihrem Besitz haben und diese auch gerne verwenden? Vor allem, wenn Fremde auf unserem Grundstück herumlungern?“ Er macht eine kurze, dramatische Pause, und ich kann sehen, wie Ian blass wird, und auch meine Mutter verlässt nun langsam mein Haus.

„Ma'am, Sir …“ William deutet einen Diener an. „Ihr Besuch war sehr nett, aber nun möchte ich Sie bitten, zu gehen. Ich glaube, Chloe möchte sich gerne in Ruhe übergeben.“

Er schiebt meine Mutter aus dem Haus und mich hinein und gibt Feeby ein Zeichen, woraufhin diese wieder anfängt zu knurren. Dann schließt William die Tür hinter uns und lässt meine Mutter und Ian davor stehen.

Feebys Knurren wird lauter und keine zehn Sekunden später höre ich die zwei Autotüren zuschlagen und einen Motor aufheulen.

„Sie sind weg!“ Seine Stimme ist tief und beruhigend, sie bringt etwas in mir zum Klingen, etwas, das noch tiefer geht als die Enttäuschung über die Illoyalität meiner Mutter und den Betrug des Mannes, den ich mal geliebt habe. Erst jetzt bemerke ich, dass ich am ganzen Körper zittere, vor Wut und vor Enttäuschung.

Einen kurzen kostbaren Moment lang zieht er mich an sich, hält mich geborgen in seinen Armen.

„William …“ Ich stelle mich auf die Zehenspitzen und küsse ihn, lege all meine Zärtlichkeit in diesen Kuss. Erstaunt überlässt er mir seinen Mund, bis er sich von mir losreißt, die Haustür öffnet und vor mir flüchtet.

Zitternd und wie gelähmt bleibe ich zurück.

Ich kann sehen, wie er über die Veranda stürmt. Über diese verdammte Veranda, die ich so mühsam renoviert habe. Als er an der ersten Stufe angekommen ist, hält er inne und verharrt. Mit einem Arm stützt er sich an dem Pfosten ab, der das kleine Dach hält. Bis hierher kann ich erkennen, wie sich sein Brustkorb heftig auf und ab bewegt, wie er sich resignierend die Haare aus der Stirn streicht und sich schließlich umdreht.

Während er entschlossen auf das Haus zurückgeht, entdeckt er mich am Fenster. Sein Blick findet meinen und hält ihn fest. In mir passiert irgendetwas … ich … plötzlich wird mir warm und in meinem Bauch macht sich die Aufregung wie ein warmer, wirbelnder Strudel aus Adrenalin und Erregung breit. Ich kann meinen Blick nicht mehr von der Tür lassen, stehe da wie paralysiert, während sie sich langsam öffnet und er wieder hereinkommt. Nachdem die Tür hinter ihm ins Schloss gefallen ist, bleibt er stehen und sieht mich nachdenklich an. Seine Augen haben diesen seltsamen Glanz, irgendwo zwischen Entschlossenheit und Wahnsinn und ich starre ihn immer noch an wie ein Kaninchen die Schlange.

„Chloe …“ Seine Stimme ist so tief und so rau, dass ich eine Gänsehaut bekomme, die sich wie ein Prickeln von meinem Hals bis zu meinem Bauchnabel ausbreitet. Mein Mund ist plötzlich ganz trocken, ich will etwas sagen, aber in meinem Kopf herrscht nichts als Leere, und ich kann keine Worte mehr finden.

Dann kommt Bewegung in meinen Körper, ohne dass ich mich entsinnen könnte, das bewusst gesteuert zu haben. Meine Beine fangen an zu rennen, legen die wenigen Meter zwischen mir und William in der größtmöglichen Geschwindigkeit zurück. Meine Arme schlingen sich um seinen Hals und ich drücke meinen Körper so eng an seinen, wie ich eben kann.

„Chloe …“ Noch einmal und ich könnte schwören, dass seine Stimme noch rauer und noch tiefer geworden ist. „Frau, du treibst mich in den Wahnsinn. Eines schönen Tages wirst du mein Untergang sein.“ Seine Arme schlingen sich um mich, ein paar Sekunden lang hält er mich einfach nur fest, Herzschlag an Herzschlag, und ich will mich nie mehr wieder von ihm lösen müssen. „Ich hatte mir so fest vorgenommen, mich auf nichts mehr mit dir einzulassen. Gibt es irgendetwas, irgendwas, das mich dazu bringen könnte, meine Meinung zu ändern?" Sein Blick fixiert mich und mein Kopf ist leer, so erschreckend leer. Mein Herz scheint still zu stehen, und ich traue mich kaum noch, zu atmen. „Sag etwas, Chloe. Sag mir irgendetwas, das mich dazu bringt, meine Meinung noch zu ändern."

Alles in mir scheint sich aufzulösen, gewittergrau zu werden. „Ich liebe dich." Drei Worte, die mich selbst erschüttern und dennoch die schlichte Wahrheit sind.

Seine Hände verschwinden von meinem Rücken und ich fühle mich entsetzlich einsam und verloren. Ich bin davon überzeugt, dass es das Falsche war. Weil ich nichts mehr sehen will, denke, es nicht ertragen zu können, schließe ich meine Augen, aus denen sich eine einzelne Träne löst.

Schließlich spüre ich seinen Daumen, der die Träne wegstreicht. Er legt seine Hände an meine Wangen, biegt meinen Kopf vorsichtig nach hinten und betrachtet mich kurz. Bis sich ein Lächeln auf sein Gesicht stiehlt. Seine Lippen treffen auf meine und ich schnappe nach Luft, mein Herz schlägt so schnell, dass es beinahe schmerzhaft ist, und ich kralle mich an seinen Schultern fest, um nicht den Halt zu verlieren.

Er küsst mich, leidenschaftlich, ohne jede überflüssige Zartheit oder Zurückhaltung. Er löst seine Hände von meinem Gesicht und eh ich mich versehe, hat er mich hochgehoben.

„Weißt du, was ich vorher mache? Bevor ich endgültig den Verstand verloren habe? Ich werde dich lieben. So lange, bis ich gänzlich dem Wahnsinn verfalle. Und vielleicht auch noch darüber hinaus."

Ich lache leise auf und vergrabe mein Gesicht an seiner Schulter, um ihm in die empfindliche Partie zwischen Hals und Schulter zu beißen, und er gibt ein Geräusch von sich, das halb Stöhnen, halb Lachen ist. Dann sind wir auch schon im Schlafzimmer.

Kurz darauf sind wir beide nackt. Ich weiß nicht mehr, ob ich mich selbst ausgezogen habe oder ob William das für mich erledigt hat, aber ich weiß, wie wundervoll sich seine nackte Haut auf meiner anfühlt. Alles, was ich in diesem Moment möchte, ist, ihm so nah wie möglich sein, mit ihm verschmelzen und eins mit ihm werden.

Und als könne er Gedanken lesen, dringt er in mich ein, voller Ungeduld und voller Liebe. Alle meine Sinne konzentrieren sich nur noch auf ihn, und als wir irgendwann gemeinsam zum Höhepunkt kommen, könnte ich schwören, einen Moment das Bewusstsein zu verlieren.

Später, als ich in seine Arme gekuschelt einschlafe, fällt mir auf, dass ich noch nie so glücklich wie in diesem Augenblick gewesen bin.

+++

Lächelnd beugt sich William über die schlafende Frau vor sich. Seit beinahe zwei Wochen treffen sie sich nun heimlich. Zumindest vermutet er, dass es heimlich ist, in diesem Ort kann man ja nichts lange für sich behalten.

Chloe seufzt leise im Schlaf, und Williams Lächeln wird breiter, während sein Herz einen freudigen, kleinen Sprung macht.

Er könnte ewig hier stehen und ihr einfach nur beim Schlafen zusehen.

Aber leider ist dafür im Moment keine Zeit mehr.

+++

„Chloe? Du musst aufwachen." Williams Stimme klingt ein bisschen verzerrt, und als ich langsam wach werde, bemerke ich, dass es daran liegt, dass ich mit einem Ohr auf seinem Brustkorb liege. „Los, kleine Schlafmütze. Ich würde ja gerne noch den restlichen Tag mit dir im Bett verbringen. Schon allein um deinen drei Orgasmen noch ein paar hinzuzufügen …" Langsam öffne ich die Augen und blicke in sein lächelndes Gesicht. „Und bevor du fragst: Ja, ich habe mitgezählt. Und ich bin auf jeden einzelnen deiner Höhepunkte stolz." Sein Lächeln wird zu einem breiten Grinsen. „Allerdings befürchte ich, wir müssen das auf später verschieben. In zwei Stunden kommen Scott und Jane zum Essen. Davon erzählt sie mir seit Tagen und es ist noch nichts zu essen fertig. Wir müssen anfangen."

Er bewegt sich, ich rutsche von ihm herunter und brumme unwillig.

„Wir haben noch Zeit. Ich habe tiefgefrorene Lasagne gekauft. Und Eis zum Nachtisch. Und Tomatensuppe als Vorspeise."

William schaut mich an, als hätte ich ihm soeben mitgeteilt, dass ich an Außerirdische glauben würde.

„Du hast vor, ihnen Fertiggerichte zu servieren?" Seine Augenbrauen wandern in die Höhe und er verschränkt die Arme vor seiner Brust. Ich sehe die gebräunte Haut und die Muskeln darunter und denke an alles Mögliche, nur nicht an Essen.

„Genau das habe ich. Wir haben also noch eine Stunde Zeit, bevor die Lasagne in den Ofen muss. Du könntest mit den versprochenen Höhepunkten schon mal anfangen. Mir gefällt es nämlich, wenn ich dich stolz machen kann." Ich versuche ihn zurück ins Bett zu ziehen, er weicht mir lachend aus, beugt sich dann aber doch noch einmal kurz vor und verpasst mir einen Kuss auf die Nasenspitze.

„Du bist hier mitten im tiefsten Nebraska, Chloe. Hier sind alle Menschen stolz auf ihre Kochkünste. Du kannst unmöglich Fertigessen servieren. Und jetzt raus aus dem Bett. Ich helfe dir beim Kochen."

Unwillig quäle ich mich aus dem Bett, um nach meiner Kleidung zu suchen.

Mit Williams Hilfe gelingt mir ein richtig tolles Menü. Nachdem wir seine Gefriertruhe sowie seinen Vorratsschrank geplündert haben, machen wir die geplante Tomatensuppe selbst, außerdem gibt es Maisbrot, Brokkoli mit Mandelblättchen und William hat Steaks angebraten, die er bei niedriger Temperatur in den Ofen schiebt, damit sie zart werden.

Das Eis hat er mir genehmigt, und jetzt drückt er mir dazu ein Rezept für ein Applecrumble in die Hand.

„Ich muss noch mal kurz rüber. Ich habe noch einen Telefontermin mit einer Firma, die eventuell Gelder in meine Forschung investieren wird. Aber wenn ich darf, komme ich gleich auch zum Essen." Er umarmt mich und ich will ihn gar nicht mehr loslassen. „Die erstaunten Gesichter von Scott und Jane will ich mir auf gar keinen Fall entgehen lassen. Auch wenn wir sie eigentlich noch ein bisschen hinhalten sollten, die alten Kuppler."

Ich muss grinsen. „Du musst trotzdem unbedingt wiederkommen. Ich will auf keinen Fall ohne dich essen. Außerdem mag ich die beiden."

„Du bist dir darüber bewusst, dass dann spätestens morgen Mittag jeder Mensch in Greenfield über uns Bescheid weiß?" Sein Blick hält meinen fest gefangen und ich muss schlucken.

„Ich hoffe, das ist kein Problem für dich?" Auf einmal habe ich Angst vor seiner Antwort. Was ist, wenn er tatsächlich nicht mehr als eine rein körperliche Affäre mit mir haben möchte? Aber meine Sorge ist unbegründet. Er lächelt mich auf diese spezielle Art und Weise an, die meine Knie ganz weich werden lässt.

„Ganz im Gegenteil. Es wäre mir ein Vergnügen sowie eine große Ehre, Miss Winterfield."

Nach einem endlosen Kuss löst er sich von mir, auch wenn ich das nur widerstrebend zulasse.

„Ich muss wirklich rüber. Aber ich bin ganz schnell zurück. Bis gleich", flüstert er ein wenig heiser.

Ich schaue ihm verliebt nach, und er ist bereits fast bei der Haustür angelangt, als ich das Rezept entdecke, das er mir dagelassen hat.

„Was ist mit dem Applecrumble?“, rufe ich ihm nach und er dreht sich noch einmal zu mir um. Sein Blick ist voller Liebe und voller Zuversicht.

„Du schaffst das schon, Chloe. Ich bin mir ganz sicher.“

Zwei Jahre später

Als ich mittags von der Arbeit zurückkomme, sehe ich einen schwarzen SUV wegfahren, während William in der Tür steht und grimmig dreinblickt.

„Schon wieder jemand von SantaMona?“ Ich strecke mich zu ihm hoch, gebe ihm einen Kuss, und er hält mich fest, um noch einen zweiten zu verlangen.

„Die lassen einfach nicht locker. Zum Glück hat Danielle ihm irgendwann einen vollgesabberten Keks ans Hosenbein geschmiert, und als sie eine wirkliche Stinkbombe abgesetzt hat, ist er endlich gegangen. Nur um dann eine halbe Stunde im Auto sitzen zu bleiben und zu telefonieren. Wahrscheinlich, um sich von seinem Chef den Kopf abreißen zu lassen.“

Lächelnd beuge ich mich zu Feeby herunter und kraule ihr zur Begrüßung die Ohren.

„Eigentlich unglaublich, dass sie immer so weit rausfahren. Und jedes Mal ihr Angebot erhöhen.“

Er lächelt mich an auf die Art und Weise, die meine Knie weich werden lässt.

„Sie machen sich halt Sorgen. Wenn ich das Patent für den schädlingsresistenten Mais an eine andere Firma verkaufe, können sie ihr halbes Sortiment in die Tonne kloppen …“

„Vielleicht solltest du ihnen einfach mal mitteilen, dass du das Patent letzte Woche an Summer Bionics verkauft hast?“ Ich zupfe an dem Kragen seines dunkelblauen Baumwollhemdes, während sich ein beinahe sardonisches Grinsen auf seinem Gesicht breit macht.

„Bist du verrückt? Es macht viel zu viel Spaß, wenn diese Idioten hier antanzen und zappeln. Ich glaube, das wird mir wirklich fehlen, wenn Summer Bionics in ein paar Wochen mit dem Patent an die Öffentlichkeit geht." Zufrieden pfeifend geht er mit mir ins Haus und folgt mir ins Kinderzimmer.

Unsere kleine Tochter Danielle schläft tief und fest. Vorsichtig, um sie nicht zu wecken, streichle ich ihr über die runde Wange, bevor ich ihren Lieblingsteddy ein bisschen zurechtrücke, was sie mit einem leisen, zufriedenen Schnauben quittiert.

William steht direkt hinter mir, und als ich mich wieder aufrichte, legt er die Arme um mich, sodass ich meinen Rücken gegen seine Brust lehnen kann.

„Ist sie nicht niedlich, wenn sie schläft?", flüstert er mir ins Ohr. „Und du glaubst gar nicht, wie stolz ich auf sie war, als sie den SantaMona-Typen mit ihrem Keksmatsch vollgeschmiert hat. Sie hat jetzt schon eine hervorragende Menschenkenntnis."

Leise kichernd schleichen wir uns aus ihrem Zimmer und ein wenig erschöpft lasse ich mich aufs Sofa fallen. Seit Danielle da ist, arbeite ich bloß noch drei Vormittage in der Praxis, die restliche Zeit habe ich eine Vertretung angestellt.

„War Mrs. Chesterfield heute da?" William setzt sich zu mir und beginnt die Nadeln aus meinem Haar zu ziehen, mit denen ich es heute Morgen am Hinterkopf zusammengefasst habe.

„Es ist Freitag, da ist sie immer da. Und jedes Mal hält sie mir einen Vortrag über die Verkommenheit der Welt. Ich glaube, sie kommt mittlerweile einzig und alleine deshalb überhaupt noch zu mir. Ansonsten ist sie nämlich kerngesund und für ihr Alter erstaunlich fit."

„Ist Ihnen eigentlich bewusst, dass Sie gerade mal wieder Ihre Schweigepflicht verletzen, Frau Doktor?" Er hat die letzte Haarnadel erwischt und es fällt mir nun offen über die Schulter.

Gespielt beschämt beiße ich auf meine Unterlippe.

„Willst du mich jetzt etwa doch noch erpressen?" Meine Hände greifen nach dem Saum seines Poloshirts, und er atmet scharf ein, als ich sie anschließend über seinen glatten Bauch gleiten lasse.

„Nur wenn du mit dem aufhören solltest, was du da gerade angefangen hast."

William beugt sich über mich und unsere Lippen finden sich zu einem intensiven Kuss.

In genau dem Moment, in dem ich den obersten Knopf seiner Hose öffnen will, dringen Geräusche aus dem Kinderzimmer: Danielles fröhliches Gebrabbel, das in ein ungeduldiges Murren übergeht, als nicht sofort jemand bei ihr ist.

Seufzend steht William auf und streicht sich kurz über sein zerwühltes Haar, um sich auf den Weg zum Kinderzimmer zu machen.

„Von mir hat sie das nicht …"

„Nein, ich weiß. Du warst so brav, dass deine Mutter nicht einmal bemerkt hat, dass sie mit dir schwanger war." Lachend werfe ich ein Kissen nach ihm und treffe ihn am Hinterkopf. Mit einem breiten Grinsen dreht er sich zu mir um und kommt noch einmal zurück, um mich zu küssen.

„Ganz genau. Ich bin der netteste und friedliebendste Mensch auf der ganzen, weiten Welt. Deine Tochter und du – ihr macht mich allerdings verrückt, jede auf ihre Art. Und eines Tages werde ich bestimmt deswegen den Verstand verlieren." Seine Augen funkeln silbrig, als er mich ansieht. „Aber weißt du was?"

„Was denn?"

Noch einmal beugt er sich zu mir, um mich zu küssen.

„Ich werde jeden Moment bis dahin genießen und dann mit Freuden dem Wahnsinn verfallen. Weil ich euch nämlich unglaublich liebe und ich mir nichts Schöneres vorstellen könnte, als von euch um den Verstand gebracht zu werden. Und obendrein sind wir seit letzter Woche so stinkreich, dass ich mir das sogar völlig problemlos leisten kann."

„Ich liebe dich auch, William", antworte ich und mein Herz fliegt ihm nur so entgegen.

„Und ich dich erst, Chloe. Ich liebe dich."

Es folgt ein letzter Kuss, bevor er sich überaus zufrieden lächelnd aufmacht, um sich um unsere murrende Tochter zu kümmern.

Wie glücklich es manchmal machen kann, den Mut zu finden, ein paar Narben am Herzen zu riskieren.

ENDE

Applecrumble

Zutaten:
500g Äpfel (ca. 5 Stück)
100g brauner Zucker
100g Butter
200g Mehl
1 TL Salz
Etwas Zimt
Zitronensaft

Äpfel schälen und in Spalten schneiden, gleichmäßig in einer gefetteten Auflaufform verteilen und mit etwas Zitronensaft beträufeln.

Die restlichen Zutaten zu einem Streuselteig verarbeiten und über den Äpfeln verteilen.

Bei 175°C ca. 30 min backen.

Schmeckt besonders gut mit Vanilleeis.

Danksagung

Herzlichen Dank an all meine Leserinnen und Leser – ohne Euch könnte ich keine Autorin sein und ich kann mir keinen schöneren Job vorstellen.

Ich danke Nancy, Anna, Kati, Nadine, Susanne, Stefan, Klaus und Andrea für Euer tolles Feedback.

Ganz lieben Dank an Poppy J. Anderson, die sich ebenfalls durch mein noch unlektoriertes Manuskript gequält hat.

Vielen Dank auch an meine Lektorin für den schnellen Einsatz zwischen Bügelwäsche und Kofferpacken!

Und dann danke ich, von ganzem Herzen, meinen wahnsinnig lieben beiden Kindern, die sich so wundervoll alleine beschäftigen können, dass ich es manchmal kaum glauben kann. Jeden Morgen, wenn ich Euch in Arm halte, empfinde ich das als zwei Arme voll purem Glück.

Weitere Romane von Hannah Kaiser

„Die Verführung des Mondes"

Eigentlich will sich Luna nur einen ruhigen, kinderlosen Abend zu Hause machen, als sie überraschend in das Leben des ebenso reichen wie attraktiven Anwalts Phillip Dawn stolpert.

Zwischen den beiden knistert es gewaltig, aber Luna ist sich nicht sicher, ob es zwischen ihnen tatsächlich eine Zukunft geben wird.

Und während sie sich noch Gedanken über die Zukunft macht, wird sie von ihrer Vergangenheit eingeholt.

(März 2013)

„Die Verlockung des Glücks"
Teil 1

Sophie hat, nach einigen herben Enttäuschungen, den Männern eigentlich schon lange abgeschworen. Sie ist fest davon überzeugt, dass es sich alleine einfach viel besser lebt.

Doch eines Tages tritt Matt, der amerikanische Enkelsohn ihrer Nachbarin, auf sehr ungalante Art und Weise in ihr Leben. Sophie ist sich ganz sicher, dass sie diesen überheblichen Typ auf den Tod nichts ausstehen kann, denn er benimmt sich kaum besser als ein eingebildeter Neandertaler. Wäre da nur nicht dieses verdächtige Kribbeln, das sich in ihr breit macht, wann immer er in ihrer Nähe ist …

(Juni 2013)

„Die Verlockung des Glücks“
Teil 2

Zweiter und letzter Teil der Reihe „Die Verlockung des Glücks“.

Endlich hat Sophie der Verlockung des Glücks nachgegeben und ist zu Matt in die USA geflogen.

Dort angekommen ist ihr gemeinsames Leben allerdings nicht so ungetrübt, wie erhofft. Das große Interesse der Öffentlichkeit an Matt, Sophies Selbstzweifel und eine Frau, die aus Matts Vergangenheit zu kommen scheint, legen ihnen immer wieder Steine in den Weg.

Werden sie es dennoch schaffen, einen gemeinsamen Weg zum Glück zu finden?

(August 2013)

„Die Versuchung der Hoffnung“

Hopes Leben ist auch ohne die große Liebe schon voll genug: Studium, Job, die Familie und ihr kranker Bruder fordern all ihre Zeit und Energie. Doch dann tritt John Petterson in ihr Leben, Sänger einer Rockband kurz vorm großen Durchbruch, und wirbelt ihre Gefühle und ihr Leben ordentlich durcheinander. Trotzdem reichen tiefe Gefühle allein manchmal nicht aus, um auf Dauer miteinander glücklich zu sein … oder?

(Dezember 2013)

"Der Kuss von Vergissmeinnicht"

Junes Leben besteht vor allem aus einem – nämlich aus Arbeit.

Doch eines Tages fällt ihr das Schicksal geradezu vor die Füße. Und zwar in Form eines Mannes, der vom Mountainbike gestürzt ist und sich nun an nichts mehr erinnern kann.

Allerdings verschwindet er nach ein paar Tagen genauso abrupt wieder aus ihrem Leben, wie er darin aufgekreuzt ist. Und das, obwohl June gerade dabei war, sich in ihn zu verlieben …

(März 2014)

„Herzkirschen"

(Juni 2014) Grayson White hat zwei große Leidenschaften: Football und Frauen. Zu seinem großen Frust darf er jedoch nach einem Unfall nicht mehr als Profi spielen und stürzt sich stattdessen in wilde Partys, ebenso wilde Affären und diverse Prügeleien.

Leider findet sein Werbepartner die negative Aufmerksamkeit, die Grayson dadurch auf sich zieht, gar nicht witzig.

Um sein Image wieder aufzupolieren, zwingen sie ihn, ehrenamtlich in einer Einrichtung für sozial benachteiligte Kinder zu arbeiten. Andernfalls winkt ihm eine dicke Vertragsstrafe. Grayson findet das überhaupt nicht witzig, zumal die Chefin der Einrichtung, Cherry Devenor, eine frustrierte Zicke zu sein scheint, die gegen seine Reize völlig immun ist …

Die Autorin ist unter folgender Adresse zu erreichen. Es handelt sich bei der Adresse um einen postalischen Weiterleitungsservice der Firma Ideekarree, da die Autorin ihre private Adresse nicht bekannt geben möchte. Die Firma Ideekarree trägt Sorge für die fristgerechte Weiterleitung der Post an die Autorin, sofern diese an folgende Adresse gesendet wurde:

Hannah Kaiser
c/o IDEEKARREE Medien Leipzig
Herr Alexander Pohl
Alfred-Kästner-Straße 76
04275 Leipzig

- PAKETE WERDEN GRUNDSÄTZLICH NICHT ANGENOMMEN! -

E-Mail: hannah.kaiser79@gmx.de

6413238R00084

Printed in Germany
by Amazon Distribution
GmbH, Leipzig